小学館文庫

湘南生まれ、おとぎ話育ち

村崎羯諦

小学館

湘南生まれ、おとぎ話育ち

「生まれはここ湘南なのですが、父の仕事の都合で三歳からおとぎ話の世界に住んでいました。現実世界に帰ってくるのは十三年ぶりで、まだまだ不慣れなことが多いですが、仲良くしてもらえると、とても嬉しいです」

高校二年の秋。河野咲希がおとぎ話の世界からうちの学校に編入してきたあの日。

咲希はクラスのみんなに向かって凛とした佇まいで自己紹介をした。挨拶を終えた咲希が小さく息を吸い、教室の窓を見る。クラスメイトも、担任の佐伯先生も、みんな彼女につられるように視線を移した。まだ夏の暑さが続いていたにもかかわらず、中庭に生えている桜の木が、なぜか季節外れの花を咲かせていた。教室にいた全員が桜の木を見つめ続けた。彼女が教室に入ってくるまでは確かに、緑に生い茂った枝をつけていたはずの桜の木を。

「綺麗ですね」

咲希が呟くと、中庭に風が吹いて、桃色の桜の枝がさわさわと揺れた。少しだけ磯の香りが混じった風に運ばれて、花びらが数枚、開いた窓から教室の中へ入り込んだ。

花びらはクルクルと螺旋を描くように、ゆっくりと床に落ちていく。これからよろしくお願いします。咲希が頭を下げ、クラスメイトが思い出したように歓迎の拍手で迎える。それから佐伯先生は、彼女の席が私の隣だと告げる。彼女は決して慌てることなく、ゆっくりとした歩調で隣の席に座った。

それから、いつも通り授業が始まったけれど、転校生である咲希のことが気になって、授業が全然頭に入ってこなかった。私は先生の目を盗んでメモを走り書きし、そっと彼女の席に置いた。

『河野さんがいたおとぎ話の世界って、どういうお話の世界だったの？』

咲希がメモを読み、こちらを見る。それからニコリと微笑んで、私のノートを指差した。なんだろうと思ってノートを見ると、さっきまでは何も書かれていなかった白紙のページに、いつの間にかこんな文章が書かれていた。

『私とお友達になってくれたら教えてあげます』

私は顔をあげ、もう一度彼女の方へ視線を向ける。彼女と目が合い、私たちは微笑みあった。それが、おとぎ話の世界で育った咲希との最初の思い出だった。

＊＊＊＊

「私が住んでいたおとぎ話の世界は、現実世界ではまだ誰にも見つけてもらえていない世界なんです。だから、具体的にあの作品の世界って教えることができないんです。ごめんなさい」

私の質問に対して、咲希は申し訳なさそうに答えてくれた。

「まだ見つけてもらえていない世界っていうのはどういうこと？　おとぎ話の世界って、作家さんが生み出すものなんじゃないの？」

「誰かが一から世界を作っておとぎ話として発表することもあれば、元々どこかに存在していた世界を誰かが見つけて、それをもとにおとぎ話を発表するって場合もあるんです。私がいた世界は今のところはまだ誰にも見つけてもらえていない世界なんです。

もちろん、まだ見つかっていないだけでその世界が存在しないわけではないんです。おとぎ話の世界はいつだってそこにあって、そこにはおとぎ話の世界の住人が住んでいる。でも、やっぱり、おとぎ話の世界で暮らす人々としては、現実世界の人たちに自分たちを見つけて欲しいと思ってます。だから、見つけてくれたらとても嬉しいですし、見つけてくれてありがとうって気持ちになるんです」

　私と咲希は席が隣だったこともあってすぐに仲良しになった。咲希はおとぎ話育ちということで、時々ずれた発言をすることもあった。だけど、元々の憎めない性格もあって、決して嫌いにはなれなかった。そして、それは私だけではなく、クラスメイトみんながそうだった。初めはおとぎ話の世界に住んでいたという珍しさから話しかけていただけの人たちも、ちょっと話すだけで不思議と彼女と打ち解け、彼女のことを好きになった。

　なんで彼女はこんなにみんなとすぐに仲良くなれるんだろう。私は彼女を一番近くで観察しながら、よくそんなことを考えた。でも、それはきっと、みんなが咲希のことを知りたいと思っているように、彼女もまたみんなのことを知りたいと心から思っているからなんだとわかった。咲希はいつだって、みんながどういう人で、どういうことを考えているのかを知りたがっていた。咲希が心からそう思ってみんなと接しているからこそ、彼女と話す人たちもみんな、彼女のことを好きになってしまうんだと思う。

　もちろん、咲希のことを気に入らないと思う人もいる。ただ、咲希はそういう人であっても、仲良くなりたがった。クラスには、大場さんというちょっとだけ怖くて、意地悪な女子生徒がいた。校則を破って髪を染めたり、耳にピアスを開けたりしていた。いつも不機嫌で、何かに対して怒っていないと気が済まない、そんな人だった。だから、クラスメイトの多くは、できるだけ大場さんとは関わらないようにしていた。

それでも咲希は、ある日の昼休みに、お弁当を持って彼女に近づいていった。

「私がこのクラスに入ってからまだ一度もお話ししてませんよね？　大場さんと仲良くなりたいので、一緒にお昼ご飯を食べながらお話ししませんか？」

突然話しかけられた大場さんは驚きの表情を浮かべ、それからすぐに意地悪な表情で咲希に答える。

「なんでわざわざあんたと仲良くする必要があるわけ？」

「せっかくのご縁でこのクラスに編入することになったので、私はみなさんと仲良くなりたいんです」

大場さんが教室全体に聞こえるように大きくため息をつく。

「おとぎ話で育った人はみんな、あんたみたいに頭がお花畑な人間ばっかりなの？

あのね、現実世界の先輩として教えてあげる。こっちの世界ではね、そんな綺麗事は通用しないの」

鋭く、悪意のこもった言葉だった。私は咲希の友達として、その言い方にすごく腹が立ったし、咲希の好意を踏み躙るような反応が許せなかった。それでも、咲希は怒るでもなく、傷つくでもなく、私に向けるのと同じ、穏やかな微笑みを浮かべるだけだった。

「おとぎ話の世界は、確かに綺麗事でできた世界なのかもしれませんね」

咲希はゆっくりと、大場さんの目を見ながら言った。

「でも、おとぎ話は、現実世界の一部でもあるんです。だから、現実世界に存在しないものはおとぎ話の世界にだって存在しないんですよ。確かにこちらの世界には悲しいことや、上手くいかないことがたくさんあるのかもしれません。それでも、それと同じくらいに、大場さんが言う綺麗事もこの世界にはたくさん存在しているんですよ」

大場さんが、何言っているんだこいつは？　という表情を浮かべる。咲希はそんな大場さんの反応を全く気にせず、手を出してくださいと彼女に伝える。わけのわからないまま大場さんが手を差し出し、咲希が両手で彼女の手を包み込む。咲希が手を放すと、大場さんの手のひらにはピアスが置かれていた。大場さんが驚きの表情を浮かべる横で、咲希はお近づきの印です、と言って笑う。

「それはちゃんと私がお金を払って買ったものなので、心配しないでくださいね。大場さんがつけているピアス素敵だなと思って、ブランドとか調べてたんです。ファッションのこととかすごくお詳しそうだから、ぜひ教えてください」

大場さんは何も言えなくなったのか、自分の手のひらに置かれたピアスと、咲希とを見比べた。それから、考えとく、と一言残して教室から逃げるように去っていった。お礼くらい言ったらいいのに、と私が言うと、大場さんにとってはプレゼントを受け取ることが彼女なりの感謝の仕方なんですよと咲希は笑った。

その日の放課後。私と咲希は学校の近くの砂浜を一緒に散歩した。海の波は静かに打ち寄せていて、水平線は遠くまっすぐに延びていた。日差しはやわらかくて、砂浜には色とりどりの貝殻がちりばめられている。咲希が立ち止まって貝殻を一つ拾い上げる。彼女の手に載った小さなピンクの貝殻がもぞもぞと動き、貝殻と同じ模様の羽をつけた蝶になって空へ飛び立っていった。風は海から吹いてきて、私たちの髪を優しく揺らす。海の音と、足元の砂の感触、そして時々私たちの鼻孔を満たす海の匂いがとても心地よかった。

「私もおとぎ話の世界で育ちたかったな」

咲希は、おとぎ話の世界もそこまでいいところではないですよ、と笑う。

「私はこっちの世界……というよりも、この場所が大好きですよ」

「どうして？　塩害はひどいし、夜中は騒音でうるさいし、地元だけど私はあんまり好きじゃないよ」

「私が暮らしてたおとぎ話の世界には海がなかったんです」

咲希は立ち止まり、遠くに見える水平線を見ながら呟く。私はふーんと相槌を打ちながら、咲希と同じように水平線へと顔を向けた。それから彼女が住んでいた、海のないおとぎ話の世界を想像してみる。その想像の中でも、咲希は穏やかに微笑んでいて、周りのみんなから愛されていた。

「父親の仕事の状況がまた変わったらしく、元々住んでいたおとぎ話の世界に戻ることになりそうなんです」

その言葉に私は黙って頷く。咲希がひょっとしたら、またおとぎ話の世界に戻るかもしれないというのは聞いていた。過ごした時間はとても短かったけれど、私は咲希のことが大好きになっていたし、彼女と別れることが悲しかった。

「もちろん、こうしておしゃべりしたり、お散歩することはできなくなるかもしれません。でも……きっといつか、おとぎ話の中で会えると思います」

咲希は私に、微笑みながらそう語りかけてくれた。私も頷き、またいつか絶対に会おうねと言って、優しく抱きあう。そして、咲希がこの学校に来てから半年後の高校三年の春。彼女は現実世界から、またおとぎ話の世界へと帰っていってしまった。

＊＊＊＊

私は高校を卒業後、そのまま地元の企業に就職した。慌ただしい毎日を過ごす中、ふとしたきっかけでお話を書くようになり、とある作品で小さな賞を受賞することができた。今では業界の端っこで、童話作家として細々と暮らしている。こうして頻繁に河野咲希のことを思い出すのは、おとぎ話と関わりのある業界で働いているからかもしれない。

次作の展開を考えながら、私は休憩がてら窓から見える湘南の海を眺める。窓の外に広がる海は、朝の光に静かに輝いていた。波は穏やかで、ゆっくりとしたリズムで砂浜に打ち寄せている。海を眺めていると、次作で描こうとしていた世界が少しずつ輪郭を持ち始めて、その世界に住んでいる人たちが生き生きと動き出してくる。

そして、そのおとぎ話の中から、一人の登場人物が浮かび上がってきた。私はその登場人物の人となりを想像してみる。私と同じくらいの年齢の女性で、どこか不思議な感じがして、懐かしくて……。

そこでようやく、頭の中で浮かび上がってきたその登場人物が、河野咲希にそっくりなことに気がつく。昔のことを考えていたから、設定が引きずられちゃったのかもしれない。私は一人、苦笑する。だけど、その一方で、もう一度彼女の言葉を思い出していた。

きっといつか、おとぎ話の中で会えると思います。

まさかね。彼女と瓜二つ（うりふた）の登場人物を想像しながら、独り言を呟いた。大きく背伸びをし、休憩を終える。私は窓から入ってくる海の香りを大きく吸って、作業机の前に腰掛ける。そして、作業途中だったパソコンを開き、書きかけの小説の画面に向かう。その時、さっきキリのいいところで終えていたはずの小説の文章に、自分が打ち込んだ覚えのない言葉がつけ加えられていることに気がつく。

閉めたはずの窓から風が吹き、海の香りが部屋に広がる。そして、窓の隙間から季節外れの桜の花びらが風に運ばれ、机の上にゆっくりと落ちていく。私は画面に顔を近づけ、パソコン画面に表示されているその文章を読み上げた。

『この世界を見つけてくれて、ありがとう』

目次

contents

冥土に持っていきたい
おすすめお土産ベスト10

『第10位は……携帯ウォシュレットです‼』

『ええー、意外！　どうしてですか⁉』

『みなさん確かに理由が気になりますよね。ただいま冥土と中継が繋がっておりますので、ランキングの作成にご協力いただいた冥土の土産アドバイザーに詳しくお伺いしましょう！　中継先の鳴海美春さーん！』

スタジオ中央に置かれた巨大モニターに、中継先である冥土が映し出される。

『はーい、こんにちはー』

『本日はよろしくお願いいたします。えー、視聴者の方に説明しますと、鳴海美春さんは、現在冥土で発刊されている生活雑貨誌の編集長でありながら、冥土の土産アドバイザーとしても活躍されています。それでは鳴海さん、早速で申し訳ないのですが、第10位の携帯ウォシュレットについて説明をお願いします』

『はい。現世ではあまり知られていないのですが、冥土のトイレ環境はお世辞にも良いとは言えないんですね。実際、ウォシュレットの普及率は10%を切っているんです。

そのため、冥土に来られた直後は、そういったお尻事情で苦労されている方が多いんです』

『えーそうなんですねー。私も死ぬ時はきちんと携帯ウォシュレットを持っていくようにしますー』

＊＊＊＊＊

「……美春？」

行きつけの洋食屋で偶然流れていたテレビ番組。そこに映し出された彼女の姿を見た瞬間、俺は自分の目を疑った。鳴海美春という名前も、テレビ画面に映し出された顔も、全て数年前に亡くなった彼女そのものだった。俺は手に持っていたフォークをテーブルに置き、信じられない気持ちでテレビ番組を見続ける。

『――――以上が、おすすめお土産の10位から4位でした。最有力候補の家族写真が7位ということでちょっと意外でしたが、みんながみんな仲の良い家族ってわけでもないですもんね。それでは鳴海さん、ベスト3の発表に行きましょう。冥土に持っていきたいおすすめお土産、第3位は⁉』

『はい。第3位は……誰かの秘密です』

『誰かの秘密、ですか？』

『ええ、冥土には何もないですからね、やることといったら生きていた頃のお話をするくらいなんです。その中でも特に、ゴシップや暴露話はみんな食いつきます。ほら、ドラマとかでもよく、犯人が被害者を殺す前に、冥土の土産に教えてやる、みたいなシーンあるじゃないですか？　あれって結構あるあるで、死ぬ直前に聞いた話なんか、どれもこれも耳を疑うようなことばかりで最高に盛り上がるんですよ』

『へー！　あれは単なるフィクションだと思っていたんですが、現実でもよく起きていることなんですね！』

　タレントと楽しそうに話す美春の姿を見て、色んな感情が込み上げてくる。俺は美春にとっては最低の彼氏だったかもしれない。それでも、俺が彼女を愛していたことは事実だった。だからこそ、俺は今でも考えてしまう。数年前、なんで美春が、あんな無惨な最期を遂げなければならなかったのかということを。

『まあ、これは余談ではあるんですが……私も死ぬ直前、一つだけ冥土の土産にある人の秘密を教えてもらったんですよ』

『秘密ですか？』

『ええ、自分は、今世間で話題になっている連続殺人事件の犯人なんだってね』

連続殺人事件。その言葉が聞こえた瞬間、俺の身体（からだ）が固まった。

『正確には、死ぬ直前に犯人なんだと教えてもらったというよりかは、それを知ってしまったから殺されたって方が正しいですけどね』

『えーっと、鳴海さん。大変興味深い話ではあるんですが……生放送ですので、そろそろランキングに戻ってもよろしいでしょうか？』

『ええ、大丈夫ですよ』

『ありがとうございます。それでは気を取り直して、鳴海さん。第2位を教えてください！』

テレビタレントが無理やり笑顔を作りながら話を振るが、画面に映った美春は真剣な表情を崩さないままだった。

『第2位は……物的証拠です』

身体から少しずつ汗が流れ始める。テレビ画面の中では、司会進行を務めているテレビタレントが明らかに動揺していた。

『な、鳴海さん。事前の打ち合わせだと、第2位は、低反発枕だってお伺いしていたんですが……』

『冥土に来られた方の中には、誰かに殺された方もいらっしゃるんです。殺人犯がきちんと逮捕されていれば問題ないのですが、中にはそのままのうのうと現世で暮らし続けているケースもあるんですね。

冥土に来られた方はもちろん、自分を殺した相手が誰なのかはわかってます。ですが、現世の裁判では、冥土の人間の主張は一切証言としては扱ってもらえないんです。加えて、冥土の人間が現世の人間を名指しで犯人扱いしてしまう行為は、現世に生きる人々の生活を脅かす行為として厳しく処罰されます。そのため、そういった方々の多くは泣き寝入りするしかない。

でもですね、冥土にいる人間の証言は認められなくても、冥土の土産として冥土に持ってきた物的証拠については、犯行の証拠として認められるという最高裁の判例が存在するんです』

美春は一体何を言おうとしているんだ。彼女はカメラへと視線を移し、一瞬だけ微笑(ほほえ)んだ。まるで俺がこのテレビ番組を見ているのがわかっているかのように。

『包丁で滅多刺しにされ、息も絶え絶えになりながらも、私は犯人が床に落とした凶器を最後の力を使って握りしめ、それを冥土の土産としてこちらの世界へ持ってきました。現世と冥土それぞれの警察と協力し、長い長い時間をかけて準備を進めてきました。そしてつい先日、私の冥土の土産が、犯人を突き止める証拠、つまりは私を含むたくさんの人間を殺した連続殺人犯を突き止める証拠として認められたんです。もし犯人がこの放送を見ていたとしたら、現場からなくなった凶器のことを思い出しているかもしれませんね』

あの日の忌々しい記憶が蘇る。血だらけの殺害現場。床に倒れた死体。証拠隠滅のために慌てて現場に戻り、必死に凶器を探した時の記憶が、頭の中を駆け巡る。

ふいに、誰かに肩を叩かれた。ゆっくりと振り返ると、そこには二人組の男が立っていた。片方の男が俺の顔を確認した後で、胸元のポケットから警察手帳を取り出し、喋りかけてくる。

「飯島だな。連続殺人の容疑で、逮捕状が出ている。とりあえず署まで来て――」

警察官が言い終わる前に、俺は反射的にテーブルに置いていたフォークを握り、それを相手の喉元に突き刺した。男が首を押さえながら後ろに倒れ、周囲からは叫び声があがる。こちらに手を伸ばそうとしてきたもう一人の手をはね除け、俺は出口へ向かって走り始める。しかし、その瞬間、狭い部屋の中に乾いた銃声が響き渡った。俺はゆっくりと足を止めながら、左胸へと手を当てる。じわりと温かい液体が染み出してきて、鈍い痛みが遅れてやってくる。

全身の力が抜けていき、そのまま床へと倒れ込む。そして、薄れていく意識の中。テレビから、俺が冥土送りにしたはずの美春の声が聞こえてくるのだった。

『ちなみに、冥土に持っていきたいお土産1位は私を殺した犯人です。ああ、でも。この場合は冥土の土産って言うより、冥土の道連れと言った方が正しいかもしれませんね』

嫌なら出て行け！

嫌なら出て行け。ナチョ・ベルドゥにそう言われ、一番最初に村を出て行ったのは、ナチョと犬猿の仲だった幼馴染のアルバレスだった。

発端はナチョの家畜がアルバレスの敷地に勝手に侵入し、農作物を食べてしまったことだった。しかし、旧来の仲の悪さが問題を拗れさせ、結果的にアルバレスは一晩のうちに家財をまとめ、妻、子供とともにこの村から出て行ってしまった。

周りの村人たちはアルバレスの行動に驚いた。しかし、彼は前々から貧しいこの村を出たがっていたということもあって、次第に村人たちはナチョとの喧嘩は単なるきっかけに過ぎないと考えるようになった。ナチョ自身もアルバレスが出て行ってしまったのは自分のせいだと思うこともなく、彼が村から出て行った後、周りの人間に対してあいつは裏切り者だと罵り回っていた。

ナチョはこの村一番のお金持ちで、村人たちは全員彼のことを嫌っていた。しかし、だからといって彼を拒絶することも、彼に逆らうこともできなかった。ナチョは早いうちに両親をなくし、兄弟はいなかった。また、彼の悪いところを指摘してくれるような友もいなかった。そのような生い立ちがナチョの生まれつきの傲岸不遜さに拍車をかけ、彼はいつしか、まるでこの村の王様であるかのように振る舞うようになっていった。

アルバレスの次に村を出て行ったのは、ナチョとは遠い血縁関係にあたるマングエ一家だった。一家は貧しい暮らしをしていたが、働きがしらの一人息子が病気で倒れてしまった。貧しい一家が町医者に診てもらうための診察費や旅費を工面できるはずもなく、血縁関係にあたるナチョの元を訪れた。しかし、ナチョは頭を下げるマングエに対し、お前は金の亡者だと吐き捨てた。それから、医者に診てもらいたいなら医者のいる町へ引っ越せばいいと皮肉を言い、追い返してしまった。

まさか出て行くことなどできまい。ナチョだけではなく、村人全員がそう考えていた。だからその三日後に、マングエ一家が村を出て行ったという噂が村中を駆け巡った時、みなが衝撃を受けた。アルバレスの時は特に何も言わなかった村人たちも、マングエ一家に同情を寄せ、冷たくあしらったナチョを強く非難した。それでもナチョは反省することはなく、むしろ自分自身が悪者だと思われていることに我慢がならないようで、誰彼構わずこの村から出て行けと罵るありさまだった。

そして、そのナチョの言葉通り、村人全員が村から出て行ってしまった。

実際、村全体が貧しく、折悪く発生していた日照りの影響で村人たちは疲弊しきっていた。誰もが毎日を必死に生き延びながら、この村を出たらもっと楽な暮らしができるのではないかと考えていた。その上、ちょうどその頃近隣の鉱山で採掘が始まり、そこで働く鉱員を大量に募集しているという噂が流れた。

だからこそ、元々不満を抱いていたナチョからの心ない言葉を受け、村人たちは申し合わせたかのように、次々と村を出て行った。マングエ一家の向かいに住んでいたバレステロスは年老いた母親と二人暮らしだったが、隣村から調達したラバの背中に母を乗せ、家財道具とともに村を出て行った。独身だったアントニオは痩せ細った雌犬とともに背負えるだけの少ない荷物を持って村を出て行った。この村で一番若かったグティエレスは親兄弟とともに村を出て行く時、何を思ったか住んでいた小屋を焼き払ってしまった。

村人が一人、また一人と出て行き、気がつけば村にはナチョ一人だけが残されてしまった。それでもナチョは自分が悪いとは思わなかったし、広大な土地を手放して別の村や町へ移住しようとは考えなかった。

そんなある日。村の外れに生えていたオークの枝に頭をぶつけてしまったナチョは、腹立たしさのあまり、オークの幹を蹴り、この村から出て行けと罵ってしまった。そして、次の日。ナチョが同じ場所を通りかかると、昨日は確かにそこに生えていたオークの木が一つ残らず姿を消していて、代わりにあちこちに大きな穴ができていた。ナチョは辺りを見渡した。それから、隣村へと続く村道に、まるで足跡のように土や木の葉が落ちていることに気がつき、オークの木たちがナチョの言葉通りこの村から出て行ってしまったことを知るのだった。

ナチョは決して自分の非を認めることはなかったし、そんな彼に愛想を尽かして、村に存在しているありとあらゆるものが出て行ってしまった。犬や家畜たちは早い段階でこの村に未来がないことを悟り出て行った。ナチョが生まれる前からこの村にいた畑や田んぼたちも、自分たちの世話をしてくれる人間がいないのでは意味がないと出て行ってしまった。風や雨も出て行ってしまったので村の天候は変わることがなくなり、つい最近は季節も出て行ってしまったため、この村には四季もなくなってしまった。

それでもナチョは意固地になって村に住み続けた。絶対に自分が悪いとは思わなかったし、出て行ってしまったものたちに頭を下げて戻ってきてもらおうとは決して思わなかった。

「申し訳ありません。こちらナチョさんのご自宅でしょうか？」

そんなある日、ナチョの元に訪問者がやってきた。ずっと一人で暮らしてきたナチョは驚き、急いで玄関を開けて出迎えた。しかし、玄関の前に立っていたのは人ではなく、まだこの村から出て行っていなかった『死』という概念だった。

「もしかして、私の命を奪いにきたのか？」

「えっと……そうじゃないです。お別れの挨拶をと思って」

「お別れ？」

「はい、両親からはあらゆる存在に対して平等に接するようにと教えられてきたんですが……やっぱり、ナチョさんのことはどうしても好きになれないので、この村から出て行くことにしました。身体には気をつけて、どうかお元気で……」

そう言い残すと、『死』という概念はナチョの目の前から姿を消し、村から出て行ってしまった。ナチョはそこでようやく自分の過ちを認め、その場でみっともなく泣き喚いた。こうなったら死ぬしかないと考えて、自室で首を吊って死のうとした。しかし、この村からは死という概念が出て行ってしまったため、首を吊っても苦しいだけで一向に死ぬことができなかった。

縄が重みに耐えられず切れてしまい、ナチョは盛大に尻餅をつく。そしてその痛みに悶えながら、彼は天に向かって叫ぶのだった。

「もうたくさんだ！　森羅万象全部、この村から出て行け‼」

＊＊＊＊＊

「何だあれは？　真っ暗な……穴みたいな空間が見えるぞ？」

ナチョの村から数十キロ離れたとある町の高台。この町に赴任してきたばかりの役人が、望遠鏡を覗きながら叫んだ。ああ、お前はこの地域に来たばかりだったか。隣にいた、この地域出身の役人が彼の肩を叩きながら教えてくれる。

「あの場所には昔村があったんだ。でもな、ある男が出て行けって言ったから、人が出て行き、動物が出て行き、最後には光や時間も出て行ってしまったんだってさ」

「あの空間の中はどうなってるんですか？」

「さあね、考えるだけで恐ろしいよ」

役人は眉をひそめ、森羅万象が出て行ってしまった村に取り残された男のことを想い、そしてポツリと呟くのだった。

「何というか……そこまで嫌われるのも才能ですね」

夢見る果物

産業も資源もないこの国では、モラルくらいしか売るものがない。

夢の中でアコは泣いていた。皺ひとつない白くて綺麗な両手で顔を覆い、小さな背中を丸めてうずくまり、腰まで伸びた長い黒髪の先は地面に垂れていた。この施設で一緒に暮らしていた時、アコは一度も泣いたことがなかった。だから、アコが泣いているのを見て、これが夢の中なんだということがわかった。私は背中からアコの細い両腕の下にそっと腕を入れて、彼女の身体を抱きしめる。それから、ゆっくりと私の顔を彼女の背中にくっつけた。夢の中だというのに、抱きしめたアコの身体からは、ほんのりと淡い桃の匂いがした。

*****

悲しい夢から目覚めた朝はいつだって、ほんの少しだけ頭痛がする。

大きく伸びをしたら、狭い二段ベッドのささくれだったフットフレームに足先が触れた。足先のざらざらした感触と部屋の中に充満する果物の甘ったるい匂いが、私を現実に引き戻していく。

重たい頭に手を当てながら横を見る。ルームメイトのリアはとっくに起きていて、忙しげに支度を進めていた。おはよう。長い栗色の髪を束ねながら、リアが私に語りかける。それから洋服ダンスを開けようと彼女が私の前を通り過ぎた。彼女の髪が目の前をふわりと舞い、少し遅れていちじくの香りが鼻をくすぐった。

今日は何の授業があるんだっけ？　世界史と英語とフランス語と中国語。インドネシア語は？　私はもう東南アジアの言語は勉強しなくていいんだって。どうして？　私はその地域には需要がなさそうって判断されたから。

リアはアコと違って、意味のない会話を繰り返すのが好き。理由を聞いた時、リアはこう言った。

だって、そうでしょう。人生も結局は、意味のないことを繰り返すだけの時間に過ぎないんだから。

＊＊＊＊

私たちはこの施設で生まれ、この施設で育ち、決められた年齢になったらこの施設を卒業する。私たちはこの施設の中で決められた生活を送り、卒業後に必要となる知識を学び、そして、決められた果物を食べ続ける。

決められた食事、決められた運動、決められた化粧品、決められたお勉強。そして、決められた果物。それがこの施設での決まりであり、この施設の全てだった。

天井に国旗が掲げられた食堂。食事の時間になると、私たちは一人一人に割り振られた席に座る。目の前の食卓には、それぞれ決められた果物が置かれている。リアはいちじく、私はリンゴ、アコは桃。私は目の前に置かれたリンゴを持ち上げ、指先でその滑らかな表面を撫でた。リンゴの表面は深い赤で、照明の光を鈍く反射している。静かに鼻を近づけると、ほのかな甘さが漂う。そっと力を入れてかじると、みずみずしい甘さが口の中に広がった。この施設の外にいる国民はみな貧しく、果物を口にすることなんてできないんですよ。施設長はヒールの足音を響かせ、呪文のように私たちに言い聞かせながら、テーブルとテーブルの間を歩いていく。

みなさんがこの国を支えていくのです。みなさんが外国へ働きに出て、外貨を稼ぎ、それによってこの国に富をもたらすのです。

施設長は国旗の下で振り返り、毎日毎日感極まった表情で私たちに訴えかける。私たちは目を瞑り、手を合わせ、この国と施設に忠誠を誓う。よろしい。従順な私たちをぐるりと見渡して、施設長が満足そうに頷く。

それではみなさん、食後の注射を忘れずに。

私はバッグから注射器を取り出す。注射器は小さく、手にぴったりと収まる。針のキャップを外し、針先を慎重にチェックする。深呼吸を一つして、袖を捲って上腕を露出させた。肌を軽くつまみ、ゆっくりと針を皮膚に差し込んでいく。感じたのはわずかな刺激とほんの少しの圧迫感だけだった。

インスリン注射、というらしい。私たちがこの施設で生きていくために必要なもの。それ以上のことは、知らない。

＊＊＊＊

起きている時と夢を見ている時だとどちらが好き？　私は起きている時が好き。だって、起きている間は、夢から覚めて、現実に引き戻されてしまう悲しみを感じなくて済むから。

＊＊＊＊

ルームメイトのリアは、眠れない夜によく私のベッドへと潜り込んできた。夜が更け、私たちの部屋を柔らかな月明かりが包み込んでいく。私は彼女と一つのベッドで寄り添い、彼女の温かさといちじくの匂いを感じながら、深く深く息を吐いた。

こうしてくっついていると、いちじくの良い匂いがする。当たり前でしょ？　私たちはそういう風に育てられてるんだから。

私はリアの話し方が好きだった。リアは私の耳元で囁(ささや)くように話し、その声はとても静かで優しかった。彼女の息遣いが頬に触れるたび、心地よいくすぐったさを感じた。彼女の手が私の手を探り、そっと握ってくれた。その手の温(ぬく)もりが、私の心を穏やかにしてくれる。

眠れない夜にはいつだって、私たちはありもしない夢物語を話し合う。部屋は静寂に包まれていて、ただ私たちのささやき声だけが聞こえる。私たちはお互いの甘い匂いを感じながら、沈み込んでいくように眠りにつく。現実と夢の間の微睡(まどろみ)。その時間だけ、私は私が今ここにいるということを忘れられる。

朝目が覚めると、いつもみたいにリアが先に起きていた。リアは化粧台に座っていて、いつもよりもずっと真剣な表情で身繕いをしていた。昨日言い忘れててごめんね、実は今日、中央政府から偉い人が来るらしくて、そのお出迎えをしなくちゃいけないの。リアは鏡に映った自分を見ながら、そう私に告げる。

ねえ、先輩から聞いたんだけどね。

化粧を終え、悲しくなるほどに綺麗になったリアが、部屋を出る時に私に教えてくれた。

私たちはこの施設から出て行くことを卒業って言ってるけど、中央政府の人たちは出荷って言ってるんだって。

＊＊＊＊

毎日同じ果物を食べている私たちは、身体からその果物の匂いがする。私はリンゴ、リアはいちじく、アコは桃。施設を卒業し、私たちは国のために働き、外貨を稼ぐ。

三十歳になると私たちは自由になる。でも、私たちは知っている。その頃には私たちはボロボロになっていて、ようやく手にすることができる自由な時間は、限りなく短いということを。

この世界の全てが、どこかのお花畑を飛んでいる蝶（ちょう）の夢だったらいいのに。アコと私がルームメイトだった時、私はアコにそんなことを言った。アコはその時もいつもみたいに朗らかに笑って、蝶は夢を見ないよと優しく教えてくれた。

どうして人間は夢を見るの？　アコは言った。私はアコに聞いた。だって、夢を見てなくちゃ、寝てる間退屈でしょ？　人間はね、退屈な時間が続くとダメになっちゃうの。だから、寝てる間も、起きてる間もずっと夢を見てる。アコの夢は何？　私の夢？　アコは少しだけ照れくさそうに笑って、教えてくれた。

私の夢はね、この施設を出て、外の世界で暮らすことなの。

＊＊＊＊＊

一年前、この施設から逃げ出そうとしたアコは施設を囲む壁の前で捕まって、そのまま左足を複雑に折った状態で連れ戻された。その後、アコの左足は切断された。彼

女が二度と逃げ出さないようにするという理由で。それと、そういう需要もあるから
という理由で。

＊＊＊＊＊

アコは左足を失った時も、この施設を卒業する時も、決して泣かなかった。アコが卒業する時、私は部屋の窓越しに彼女を見送った。正門までの道を、美しく着飾ったアコが職員に車椅子で押されながら進んでいく。私はアコをじっと見つめ続けた。きっともう会えないだろう彼女を、自分の目に焼き付けるために。

アコが黒くて大きな車の中に消え、その車が見えなくなるまで、私はその場に立ち続けた。やがて窓から離れ、広くなった部屋を見渡した。そして、昨日までアコが寝ていたベッドに腰掛け、ゆっくりと倒れ込む。私はアコのことを考えた。ぐるぐると同じところを回っていたとしても、彼女以外のことを考えたくなかった。

だけど、気がつかないうちに眠りについていて、目が覚めると部屋には、今のルームメイトであるリアがいて、荷解きをしていた。食堂で顔は見たことがあったけれど、まだ一度も話したことのない彼女に、私はどうして起こしてくれなかったの？　と尋

ねた。

夢を見ているようだったから。

リアは私が寝ているベッドの縁に腰掛け、そう答えた。それからリアは私の頬に指を伸ばし、乾き切った涙の跡をなぞった。おやすみなさい。私はそう言って、もう一度目を閉じる。

私は夢の中に入っていく。夢の中でアコは穏やかに笑っていた。傷ひとつない、白くて綺麗な左足を愛おしそうに両手で撫でながら、こっちにおいでよと優しく私に語りかけてくれた。この施設で一緒に暮らしていた時から、きっと死ぬまで、アコが人生で一番好きな人なんだって信じている。だから、私は大好きなアコの姿を見て、この夢から覚めるくらいだったら現実なんて捨てても良いって思った。私たちは、細い両腕の下にそっとお互いの腕を忍び込ませ、お互いの身体を抱きしめる。それから、私はゆっくりと彼女の胸に顔をくっつけた。夢の中だというのに、抱きしめたアコの身体からは、ほんのりと淡い桃の匂いがした。

もっと優しい神様だったら
良かったのにね

病室のベッドで目を覚まし、机の上の花を入れ替えていたお母さんの名前を呼んだ時、こちらを振り返ったお母さんは驚きのあまり言葉を失った。それからお母さんは両手で顔を覆い、「神様は本当にいたんだ」と言って、その場で泣き崩れた。

私は何が何だかわけがわからなかった。でも、泣き崩れるお母さんを見続けているうちに、洪水のように今までの記憶が蘇(よみがえ)ってきた。優しいお父さんとお母さん。一家団欒(だんらん)の記憶。中学校での毎日。そして、風に吹き飛ばされた帽子を追いかけ、道路に飛び出した時に聞こえてきた、トラックのクラクション。

私が目を覚ましたことを聞きつけた主治医が慌てて部屋に駆け込んでくる。登坂(とうさか)と名乗った先生は、私にいくつか質問をした後、私が交通事故に遭ってから約一年もの間ずっと意識を取り戻さなかったことを教えてくれた。私は自分の身体(からだ)を確認した。交通事故に遭ったとは思えないほどに身体は綺麗だったけれど、ふと顔に手で触れると、頭が包帯でぐるぐる巻きにされていることに気がつく。

「随分長い間眠っていたから、きっと今は不思議な感覚でいると思う。成長期ということもあって眠ってる間にも身体には変化が起こっているから、戸惑うことも多いだろう。まだ中学生の美香ちゃんには辛いことかもしれない。それでも、リハビリを頑張れば、きっと元の生活に戻れるはずだよ」

先生が私に手を伸ばし、私はその手を握った。私は生きている。私は先生の手を強く握り返す。自分が今、生きているということを確かめるように。

その日から辛いリハビリの日々が始まった。久しぶりに動かした身体はまるで私の身体じゃないみたいに言うことを聞いてくれなかった。交通事故に遭う前までは自然にできていた一つ一つの動きが全然できなくなっていて、何度も何度も投げ出しそうになった。それでも、優しいお母さんとお父さん、それから登坂先生が私の支えになってくれた。みんなのためにも一日も早く元の生活に戻る。何度も何度も自分にそう言い聞かせ、リハビリに耐え続けた。

「ねえ、美香。覚えてる？　あなたが小学生の時、家族旅行先のグアムで迷子になったこと。私とお父さんが必死になって、美香を捜し回ったのよ」

病室ではよく、お母さんが他愛もない昔話をしてくれた。私はそのたびに覚えてるよと笑って、二人でその昔話に花を咲かせた。初めのうちはなんで脈略もなくそんな話をしてくるんだろうとも思ったけど、ひょっとしたらそれは、お母さんが交通事故に遭う前の生活を懐かしんでいるからなのかもしれない。早く元気にならなければ。母親の優しげな微笑み(ほほえ)を見るたびに、強くそう思った。

そして、一年半ぶりに一時帰宅が許されたその日。玄関を開け、家の匂いを嗅いだ瞬間、私は懐かしさのあまりその場で泣き崩れてしまった。玄関に飾ってあった置物も、お気に入りのスニーカーも、全てが思い出のままだった。生きている。その言葉を嚙み(か)締めるたびに、涙が溢れ(あふ)出た。お父さんとお母さんが、私を後ろから優しく抱きしめてくれる。思い出が詰まったこの家の玄関で、私は改めて家に帰ってきたんだと強く感じることができた。

それからはリハビリと一時帰宅を繰り返しながら、少しずつ少しずつ以前の生活を取り戻していった。だけど、全てが以前と同じようになるわけではなかった。例えば、食事の好み。交通事故に遭う前、私の一番の好物は、お母さんが作ってくれる煮物だった。だけど、登坂先生の許可をもらって、お母さんが病室に持ってきてくれた煮物を食べた時、私は一口、二口、口に運んだ後、ゆっくりと箸を置いた。食欲がないの？　お母さんが私の方を見て、心配そうに聞いてくる。

「そういうわけじゃないんだけど……。あんなに好きだったのに、何だか口に合わなくて」

　自分自身の感覚に戸惑いながらそう答えた。だけど、登坂先生は落ち着いた表情で、頭を強く打ったことで、好みが変わったりすることもあるらしいと話してくれた。

「高次脳機能障害と呼ばれるものなんだ。重篤なケースだと、人格そのものが変わったり、記憶力が急になくなったりすることもある。だけど、美香ちゃんの場合はそこまではいかなくて、起きるとしても、食事の好みが変わるとか、そういう小さなことくらいだ。ひょっとしたら他にも以前と違うなと思うことが出てくるかもしれないけど、そこまで心配する必要はないんだよ」

　登坂先生が話してくれた通り、結局、私やお母さんが懸念していたようなことは起こらなかった。以前と変わったことと言えば、好物が変わったこと、アレルギーが増えたこと、そしてちょっとだけ運動神経が悪くなってしまったことくらい。そうした以前とは違う自分に戸惑うことはあったけれど、そのたびに私は、それでも生きているんだと言い聞かせるようにした。

　私は少しずつ新しい自分を受け入れるようになっていった。こうして生きていること、大好きなお父さんとお母さんの笑顔を見られること、そして二人の子供でいられること。その全てに感謝した。せっかく助かったこの命を、一生大事にしよう。リハビリを終え、ずっと私のお世話をしてくれた登坂先生とお別れした後、私は心の中で強く誓った。退院した日の空は、青く澄んだ秋空で、これからの私の人生を祝福してくれているみたいだった。

そして月日が流れ、私が交通事故に遭ってから、ちょうど三年が経った。幸せを噛み締める日々の中、突然私の元にあるニュースが飛び込んできた。それは、私の担当医だった登坂先生が、記憶の書き換えという医療倫理違反行為で逮捕されたというニュースだった。

＊＊＊＊

『登坂容疑者が関わったとされる医療倫理違反行為は、現時点で十八件確認されています。登坂医師は記憶の研究分野では世界的な権威であり、大学院時代には、人の記憶を一種の信号の組み合わせとして外部に保存する技術の研究を行っていました。さらに、博士論文では、外部に保存した記憶を、もう一度脳へ戻すという実験をマウスを使って行っており、その業績により昨今ではノーベル生理学・医学賞の最有力候補とされ――――』

ニュースの途中。いつの間にか私の後ろに立っていたお母さんが無言のままテレビの電源を切った。私は何も言わずに、お母さんの方へ振り向く。先生が逮捕されたのは悲しいけど、美香には関係ないことだから。お母さんは少しだけ震えた声で語りかけてきた。

そうだね。私がそう相槌を打つと、お母さんは少しだけ拍子抜けしたような、だけどホッとしたような表情を浮かべる。ごめんね。私は聞き分けの良いふりをしながら、心の中でお母さんに謝った。それから、喉元まで出かかっていた質問を、ぐっと飲み込んだ。

ねえ、私のこの身体と頭は、何ていう女の子のもので、お父さんとお母さんはどれだけのお金を払ってくれたの。

＊＊＊＊

私は両親に隠れて、登坂先生のことを調べ始めた。そして、このスキャンダルをスクープし、今なお先陣を切って取材を行っている、とある週刊誌の記者の存在を知った。その人に連絡を取り、自分が今世間を騒がせているニュースの関係者だと告げると、その記者は喜んで私に会ってくれた。

「君が考えている通りだと僕も思うよ。つまりは、岸本美香という女の子は交通事故ですでに死んでしまったんだろう。だけど、死ぬ前に、彼女の記憶だけは登坂医師の技術で外部に保存することができた。そして、たまたま同じ病院にいた菊池彩乃という女の子の記憶を、岸本美香の記憶で上書きして、顔もそっくりに整形した。それが今の君だ」

人格や考え方を形成しているのは、その人の記憶。つまり、もし記憶をそのまま誰かに引き継がせることができるのであれば、それはその人間の生き直しになる。入院中、登坂医師がそんな話をしていたことを思い出す。だから、記者の人からそう告げられた時も、私は全然驚かなかった。

細身で、好奇心で目をギラギラさせた週刊誌の記者は、取材協力の見返りに現在判明している事実を私にぺらぺらと語ってくれた。最愛の娘を亡くした私のお父さんとお母さんが、登坂医師に縋りつき、途方もないお金を払って、手術を依頼したこと。ちょうどそのタイミングで、菊池彩乃という、私と同じ年齢の女の子が病気で入院していたこと。菊池彩乃の病気は手術で治るものではあったけれど、救いようのないクズ人間だった彼女の両親が、その手術代を払おうとしなかったこと。などなど。

「君が目覚めた時の話はとても興味深いね。頭を包帯でぐるぐる巻きにされていたって教えてくれたけど、そのレベルの交通事故で、身体は全くの無傷だとは考えにくいし、そもそも事故から一年も経っているのにまだ傷が治っていないなんてありえないよね。包帯が巻かれていたのはきっと、交通事故の傷を治すためじゃなくて、顔を君に似せるために整形した後だったからだ。それにリハビリの時、自分の身体じゃないみたいだったって話してくれたね。でも、それは当然だよ。だって、君の身体は岸本美香の身体ではなく、他人の身体だったんだから」

私は記者の話を聞きながら、色んなことを思い出していた。交通事故前後での身体の変化。辛いリハビリ。病室で、お母さんがやたらと思い出話をしてきたこと。ノーベル生理学・医学賞候補にもなっている有名な医者が、つきっきりで私の診療をしてくれていたこと。

それにしても、全く動揺しないね。ひとしきり喋(しゃべ)り倒した後、記者はコーヒーを啜(すす)りながら、私にそう言った。記者から聞いた話は私が想像していたよりも何倍も凄絶な話ではあったけれど、不思議と気持ちは落ち着いていた。私は適当に相槌を打った後で、菊池彩乃に関する資料があればもらえないかとお願いしてみた。記者は君にはジャーナリストの才能があるよと笑いながら、事前に準備していた資料をこっそり渡してくれた。

家に帰り、部屋にこもって、資料に目を通した。資料には菊池彩乃の小学校の卒業アルバムの言葉であったり、交友関係のあった友達の証言が記されていた。さらには、彼女は実の両親から虐待をしばしば受けていたらしく、それに関する児童相談所や近隣住民に対するインタビューも載っている。

そして、資料の最後にあったのは、彼女がつけていた日記だった。どうやら記者は菊池彩乃の両親に対しても取材をしたらしく、袖の下を握らせることで、彼女に関するありとあらゆる情報を手に入れたらしい。私は資料をパラパラとめくり、日記の内容を確認していく。大半は取り留めもない日常のことが書かれていたけれど、時々、自分の両親から受けた虐待の内容が記されていた。私はそのまま彼女の日記を読み進める。そして、ふとある一文に目が留まった。

『きっとこの世界には神様がいる。そしていつかきっと、神様が可哀想な私を助けてくれる』

その言葉を読んだ時、私は、病室で目が覚めた時のお母さんの言葉を思い出す。神様は本当にいたんだ。お母さんは、意識を取り戻した私を見てそう言った。

私は顔をあげ、自分がいる部屋を見渡した。比較的裕福な家庭で、いつも優しい両親がいるこの環境。欲しいものは何でも買ってもらえるし、ものだけじゃなくて、愛情だって、いくらでも私に与えてくれる。この資料から読み取れるかつての私には、手術代すら払ってくれない、ろくでなしのお父さんとお母さんしかいなかった。

可哀想だなと思うし、彼女が彼女のまま助けてもらえていたら、どんなに良かったことだろうとも思う。でも、自分が死ぬことで悲しむ存在がいることを私は十分知っている。だから、代わりに私が死ねば良かったなんて、どうしても思うことはできない。神様はいる。私もそう思う。なぜなら、私はこうして生きているから。だけど、神様は全てを与えられていた私を助け、可哀想な彼女は助けてあげなかった。

「あなたの言う通り、神様はいたよ。でも……」

私は立ち上がり、彼女の人生がまとめられた資料を握りしめる。それから、もうこの世には存在しない、かつての私に対して、呟いた。

「どうせだったら、もっと優しい神様だったら良かったのにね」

私は資料をゴミ箱に捨てる。そして、そのまま部屋を出て、優しいお父さんとお母さんが待っているリビングへと降りていくのだった。

五年便秘

「五年間で一度も排便したことがないなんて信じられませんよ。便秘はですね、便がなかなか排出されずに、腸に溜まってしまうという症状なんです。あなたの話が本当であれば、あなたの便は一体どこに消えてしまったというんですか?」

消化器内科の診療室にて、医者は怪訝そうな表情を浮かべてU氏にそう告げた。排便をしない生活にすっかり慣れていたU氏は医者の言葉に何も反論できなかった。しかしながら、U氏は本当にこの五年間、一度たりとも排便をしていなかった。それだけは、疑いようのない事実だった。

自分の身体に何か異変が起こっているに違いない。そう思ったU氏は懇願し、大腸の内視鏡検査を行うことを医者に渋々認めさせた。U氏の肛門から内視鏡カメラを入れ、U氏の腸内を探索していく。そして、U氏の腸のちょうど真ん中あたり、そこにあったのは、腸を塞ぐようにして広がった歪な黒い穴だった。

腸の中にできた黒い穴はカメラが発する光を全て吸収し、その奥に何があるのかは全くわからない。どうしましょうと医者がU氏に確認すると、U氏は少しだけためらいながらも、穴の中を確認してくださいとお願いする。

医者はカメラを穴の中へと潜り込ませていく。映像が真っ黒になり、何も見えなくなる。それでも引き返すことなくカメラを奥へ奥へと進めていくと、ある瞬間、突然パッと視界が開けた。

画面いっぱいに映ったのは、ミニチュアサイズの街の姿だった。手前の林にはくるぶしほどの高さしかない木が生い茂り、その向こうにはなだらかな山嶺が見える。右方向には煉瓦造りの家がポツポツと建てられていて、注意深く確認すると、二足歩行の生き物が動き回っているのがわかる。

医者が手元を操作して、カメラを下へと曲げると、そこには金属製の桶のような入れ物と、それにくっつくように建てられた立派な工場があった。街全体のサイズからすると桁違いに大きなその工場は、煙突から絶えず灰色の煙が放出され、機械の駆動音で窓が小刻みに振動しているのがわかった。

「なるほど！　あなたの腸の中にあった黒い穴は、この惑星に繫がってたんですよ！」

映像を見ながら、医者は興奮した口調で言葉を続ける。

「あなたの排泄物は黒い穴から亜空間移動し、この私たちから見たらずっとずっと小さなこの惑星へと送られていたんです。そして、先ほどの入れ物と工場から考えるに、この惑星ではあなたの便を何らかの形で有効活用しているのでしょう。これがあなたが五年間も便秘だった理由です」

「まだよくわかっていませんが……結局、私は大丈夫なんでしょうか？」

「ええ、大丈夫です。便が詰まっているわけではありませんから、病気になることはありません。むしろあなたの便が意味もなく下水に垂れ流されるよりかは、どこか遠い場所で有意義に使われる方がよっぽど良いことだと思います」

それからU氏は家に帰り、医者と一緒に見た遠い惑星のことを考えた。医者の言う通り、何の役にも立たない自分の便がどこかで大事に使われているとすれば悪い気はしなかった。むしろ彼らのために、もっと健康には気をつけなければという気持ちにさえなっていた。U氏は自分のお腹にそっと手を当て、手始めに腸内環境を整えるため、ヨーグルトを買いにコンビニへと出かけるのだった。

それから月日が経ち、五年便秘が十年便秘になった年のある日。U氏がふとテレビをつけると、緊急ニュースが流れていた。先ほどNASAの発表があり、何百、何千もの未確認物体が地球の上空を飛び回っているというのだ。侵略か、それとも宇宙人の来訪か。緊張感溢れる生放送を、U氏は食い入るように見つめていた。

しかし、その時だった。どこからともなく、U氏の名前を呼ぶ声が聞こえてくる。

U氏は驚きながら辺りを見回したが、もちろん周りには誰もいない。声の主はもう一度U氏の名前を呼び、これはあなたの脳内に直接語りかけているのだと穏やかな口調で教えてくれた。

『このような形であなたに接触できる日を、我が星に住む全員が待ち望んでいました』

声の主はどこか感極まった口調で語り始める。

『私たちは、あなたの腸内にできた亜空間ホールと繋がった惑星の住民であり、あなたから贈られる宝物を受け取り続けてきたものです。我々はあなたから宝物を受け取る前までは銀河一と言われるほどに貧しく、そして、限られた資源を巡って争いを続けるような救いようのない存在でした。しかし、あなたから贈り物が届けられるようになってからというもの、私たちは途方もない量の資源によって豊かな生活を送れるようになり、互いに愛し合うことを知ったのです。そして知的好奇心に従うままに革新的な技術を次々と生み出し、今では私たちがいる銀河の中で、最も発展した惑星となることができました。

技術の進歩により、あなたの贈り物に頼ることはもうなくなりましたが、あなた様への感謝を忘れないために、工場跡地には今、立派な神殿が築かれています。毎日のように我々はその神殿へ向かって祝詞を唱え、今の発展に感謝を捧げているのです』

U氏は信じられないような気持ちでその話を聞き続ける。

『そして、銀河の栄光と富を手に入れた私たちに残された使命はたった一つ、我々を導いてくれたあなた、そしてあなたが住む惑星に恩返しをするということです。惑星中の学者が集まり、地球時間でいう一年という途方もない時間をかけて研究が進められ、そしてついにこうしてあなたが住む惑星へと、恩返しのためにやってくることができたのです』

U氏はそこで再びテレビ画面へと顔を向ける。生放送のカメラに映し出された多数の未確認飛行物体。U氏が尋ねるまでもなく、声の主はまさにその通りですと先んじて回答する。銀河一発展したという惑星からの、地球に対する恩返し。U氏はごくりと生唾を飲み込んだ後で、期待を胸に、問いかける。君たちの恩返しとは一体何なのか、と。

『我々の惑星には、こんな言葉があります。受け取った恩は決して忘れず、いつの日か何十倍、何百倍にして返さなければならない、と』

テレビから、中継をするアナウンサーの声が聞こえてくる。

「みなさん、見てください。空中に浮かぶ未確認飛行物体たちの側面が一斉に開き始めました！」

　そして、そんなテレビから聞こえてくる音声に覆いかぶさるように、声の主がU氏に語りかける。

『それから、我々の惑星には、こんな言葉もあります。もらった恩は、別の形ではなく、そのままの形で返すべき、すなわち、我々があなたから受け取ったものと同じものを返すべき、と』

初恋摘出手術

「彼氏の高校時代の初恋を摘出して欲しいんですが、保険ってききます？」

「ええ、恋は病ですからね。きちんと保険は適用されますよ」

私の回答に、彼氏とともに来院してきた女性は安心したように顔を綻ばせた。それから私は医師として、初恋摘出手術についての説明を始める。

「この初恋摘出手術というのは名前の通り、患者の初恋に関する記憶や感情を摘出する手術です。頭にドリルで穴を開けて、大脳皮質と呼ばれる脳の領域から一部分を切り取ってしまいます。ニュースで見たことがあるかもしれませんが、この大脳皮質には初恋の記憶に関係する領域が存在することがわかっていまして、そこを綺麗に切除することで、初恋に関する記憶と感情全てを消すことができるんです」

「手術が失敗したり、副作用があったりするんでしょうか？」

「もちろん人の手によって行われるものですので、１００％成功を保証できるわけではありません。ただ、それほど難しい手術ではありませんので、手術が失敗する確率は０・００１％にも満たないと言われています」

彼女が横に座っている彼氏に、だってさと呟き、彼氏は複雑そうな表情を浮かべた。

それから彼女が私の目をじっと見つめ、手術に対する並々ならぬ思いを語り出す。

「彼とは結婚を真剣に考えているんですが、高校時代の初恋の思い出が忘れられないそうなんです。もちろん最初は理解して受け止めてあげようとしていたんですが……私はその初恋相手への嫉妬で苦しくなるばかりだし、彼氏は彼氏で、もう戻れない過去の思い出に縋るだけで、お互いにただしんどいだけなんです。だから、二人で話し合って、いっそのこと手術で忘れてしまおうって決めたんです。先生なら私の気持ちわかってくれますよね？」

彼女の力強い言葉に私は頷いた。

「お気持ちはわかりました。ですが、実際に手術を受けるのは辻健斗さんですので、同意書へのサインは彼に書いていただく必要があります」

私がそう言って、彼に手術を希望するかどうかを問いかける。彼は少しだけためらった後で、隣にいる彼女に視線をやり、それから覚悟を決めて力強く頷いた。

「正直、昔のことを今でも引きずってる自分に呆れているんです。初恋と言っても、片思いで終わった恋ですし、その気になればその人と連絡を取ることだってできるはずなのにそんな勇気もない……。ただただ苦しい思いを彼女にさせるくらいだったら、手術をして忘れてしまいたいんです」

わかりました。私は頷き、手術に関する事務的な説明に移った。手術の同意書へのサイン。手術の費用。術後の経過観察や、注意事項など。彼女が見守る中、彼はためらいからか時折ペンを動かす手を止めながらも、一つずつ手続きを進めていく。

「それでは手術室へ行きましょうか」

全ての手続きが終わり、私は彼にそう促した。彼女には待合室で待ってもらうようにお願いし、看護師とともに手術の準備を進めていく。

「この手術が成功した場合には、辻さんの初恋に関する思い出は全て失われます。最後に何か初恋の相手のことで話しておきたいことはありますか？」

手術台に寝かされた彼にそう問いかける。彼は手術室のライトを焦点の定まっていない目で見つめながら、ぽつりぽつりと語り始める。

「あれは、高校二年生の頃でした。今では顔だってぼんやりとしか思い出せないくらいなんですが、間違いなくあれは僕の初恋でした。同じ大学を志望していた女の子で、高校の図書室で一緒に勉強をしたり、課外授業後に一緒に帰ったり……。傍（はた）から見たらそれだけで好きになるなんてって呆れられるかもしれませんが、本当にあの子のことが好きでした。でも、結局彼女だけが志望大学に合格して、僕は落ちてしまって……自分のちっぽけなプライドのせいで彼女にどうしても連絡ができずに、それっきりなんです。もし、あの頃、つまらないプライドを捨てて連絡を取っていたらと今でも思うんです。今更そんなことを後悔しても仕方ないんですが」

そうですか。私は彼の語りにじっと耳を傾け、ゆっくりと頷いた。麻酔科医によって注射が打たれる。彼の瞼が完全に閉じるのを確認する。それから、私は深呼吸をし、手術の開始を告げた。

＊＊＊＊＊

「手術が失敗って……一体、どういうことなんですか⁉　よっぽどのことがない限りは成功するって言ったじゃないですか！」

血相を変えて病室へ入ってきた彼女を看護師たちが必死に宥める。私はベッドに寝かされた彼と彼女を交互に見つめ、大変申し訳ありませんと深く頭を下げた。彼女は動揺で狼狽えながらも、彼は一体どうなってしまったんですか？　と尋ねてくる。

「事前にお伝えした通り……初恋の思い出を忘れることができず、逆に症状が悪化してしまっています」

「どういうことですか？」

「つまり、今の辻健斗さんは初恋のことしか考えられない状態になってしまったということです」

「そんな！」

彼女が声をあげ、それからその場で泣き崩れた。そのまま看護師に付き添われながら、彼女が病室を出て行く。私と看護師、そして、術後の彼は彼女を黙って見送ることしかできなかった。

私は彼に向かって頭を下げ、手術の失敗を再び謝罪した。彼はどこか放心状態で、運が悪かっただけなんで気にしないでくださいと答えるだけだった。

「もうこうなってしまった以上、彼女とは別れるしかないと思います。それに、ひょっとしたらこれは僕への一種のお告げなのかもしれません」

「お告げ？」

「手術を受けようとしてもこの初恋は消せなかった。つまり、これは僕の人生にとって忘れるべきではない大切な思い出なのかもしれない」

それから彼は顔だけをこっちに向け、私の目を見て語った。

「むしろこの手術が失敗したことで決心がつきました。もう一度、あの頃の気持ちと向き合ってみたいと思います」

そうですか。私は相槌(あいづち)を打ち、もう一度手術に失敗したことを詫(わ)びて頭を下げた。

それから彼のアフターケアを看護師に任せ、一人病室を後にするのだった。

＊＊＊＊＊

一週間後。手術の失敗については何とか示談が成立した。失敗に関する報告書を書きながら、私はふうっとため息をつく。すると、気を利かせた看護師がお疲れ様ですと声をかけてきて、そっと温かいお茶を机に置いてくれた。

「まあ、何事も絶対なんてものはありませんからね。あんまり気を落とさないでください」

ありがとうございます。私は彼女にお礼を言いながら、入れてくれたお茶に口をつけた。

「でもまあ……」

看護師は手を顎に置きながら、感慨深げに言葉を続けた。

「今まで一度だって手術を失敗させたことのない、知子先生が失敗するなんて、私たち看護師も驚いてますよ。ただ、若いうちにこういった失敗を経験しておくことは、長いキャリアを考えると逆に良かったのかもしれませんね」

私は看護師の気遣いにお礼を言って、力なく微笑むふりをした。それから事務的なことを二言三言話して、看護師は部屋から出て行った。私は看護師が部屋から離れていったことを確認してから、もう一度彼のカルテを画面に表示する。今まで数え切れないほどの初恋を摘出してきた。また、こういう仕事をしているからか、周りには初恋は摘出するものだという考えを持つ人が大多数だ。だからこそ、私自身がまだ初恋を摘出していないと話すと、周りの人はみんな驚いた表情を浮かべるし、いっそのこと摘出してしまおうかと考えたことは何度もあった。

「でも、初恋を摘出しなくて本当に良かった……」

彼のカルテを見ながら、思わず本音がこぼれ出てしまう。そのタイミングで私の携帯に電話がかかってくる。私は画面に浮かんだ名前を確認し、そっと微笑んだ。そして、ゆっくりと焦らした後で電話に出て、念の為誰にも聞かれないように窓際に行く。

緊張して少しだけ上擦った声。あの頃と変わらない、優しくて親愛に満ちた声。私は抑え切れない愛しさをぐっと抑え込みながら、電話の向こうにいる彼に返事をするのだった。

「もちろん覚えてるよ。健斗くんのこと、忘れるわけないじゃんか。でも、一体どうしたの？　十年ぶりに電話なんかかけてきて」

食べてもいぃ友達、
食べちゃダメな友達

武田さんはいつも宿題を見せてくれる。だから、食べちゃダメな友達。水谷さんと天野さんは体育の準備運動の時にペアになることが多いけど、教室では全然話さないし、どちらかというと食べてもいい友達。

西川くんはクラスの中心人物だから食べちゃダメな友達。西川くんといつも一緒にいる多田くんと服部くんも、西川くんほどじゃないけど、食べちゃダメな友達。クラスで一番可愛い星野さんは西川くんと付き合ってるらしいけど、一学期に隣の席になった時、私のカバンについたキーホルダーをバカにしてきたから食べてもいい友達。その時、西川さんに媚びるようにダサいよねと同意してた桑原さんも食べていい友達。

荒井くんは野球部のレギュラーで今月末にインターハイをかけた大会があるらしいので今はまだ食べちゃダメな友達。望月さん、豊田さん、池田さんは吹奏楽部でいろんな試合に演奏しに行かないとダメだから、荒井くんと同じで今はまだ食べちゃダメな友達。逆にサッカー部の河合くんは、もう先週末の試合で地区予選の敗退が決まったから、今はもう食べてもいい友達。

休み時間の時はいつも席で本を読んでいる高木くんは、多分いなくなっても誰も気にしないと思うから、食べてもいい友達。山口さんと三宅さんはいつも二人でこそこそ話ばっかりしてて、クラスからも浮いてるから、食べてもいい友達。高松くんも同じようにクラスから浮いてるけど、前に席が隣だった時に教科書とかを見せてくれたから食べちゃダメな友達。不登校気味の甲斐さんも食べていい友達だけど、本当にたまにしか学校に来ないから食べるタイミングがないかもしれない。

早川さんはもう食べてしまった友達。本当は食べちゃダメな友達だったけど、帰り道でたまたま一緒になった時にどうしても我慢できなかった。食べられない部分はパパとママが裏山に埋めに行ってくれたから、早川さんがどこにいるのかは私にもわからない。早川さんと一番仲が良かった坂口さんはちょうど一ヶ月前に食べてしまった友達。早川さんが行方不明になったのは私のせいだって、すごくきつく突っかかってきてたから、いなくなってちょっとだけほっとしてる。

平井くんは食べたい友達。だって、顔が可愛いから。同じく顔がタイプの稲葉くんは次に食べる友達。坂口さんと小学校からの幼馴染でずっと坂口さんのことが好きだったらしいって、武田さんから教えてもらった。坂口さんが行方不明になってから、平井くんは学校にいる間ずっとぼーっとしている。たまに授業で当てられて何かを答えようとすると、途中から嗚咽が混じって、すみませんと言いながら涙目でみんなに謝っている。そこまで一人のことを好きになれるなんて素敵だと私は思う。でも、それは、食べていいか食べちゃダメかというのとは全く別の話。

ちなみにあなたは食べちゃダメな友達。どうしても早く帰らないといけない日、放課後の掃除当番を代わってくれたから。別に早川さんとか、坂口さんのことを隠していたわけじゃない。ただ誰も聞いてこなかったから言わなかっただけ。

もちろんあなたは食べちゃダメな友達だから、私はあなたに何もしない。そろそろ暗くなるから早く帰った方がいいかもね。

あなたは私に親切にしてくれたから、あなたは私にとって食べちゃダメな友達。でも、他の人たちにとっても、あなたが食べちゃダメな友達なのかはわからない。大丈夫。わざわざ私に聞かなくても、好きなタイミングで帰ってもいいよ。話し声？　多分それは、隣の部屋にいるパパとママの話し声。何を話しているのかはわからないけど、友達が家に来るのは一ヶ月ぶりだし、あなたのこと話しているんだと思う。

じゃあね、バイバイ。また会えたら明日、学校で。

パパとママにとって、あなたが食べちゃダメな友達だったらいいね。

人間怖い

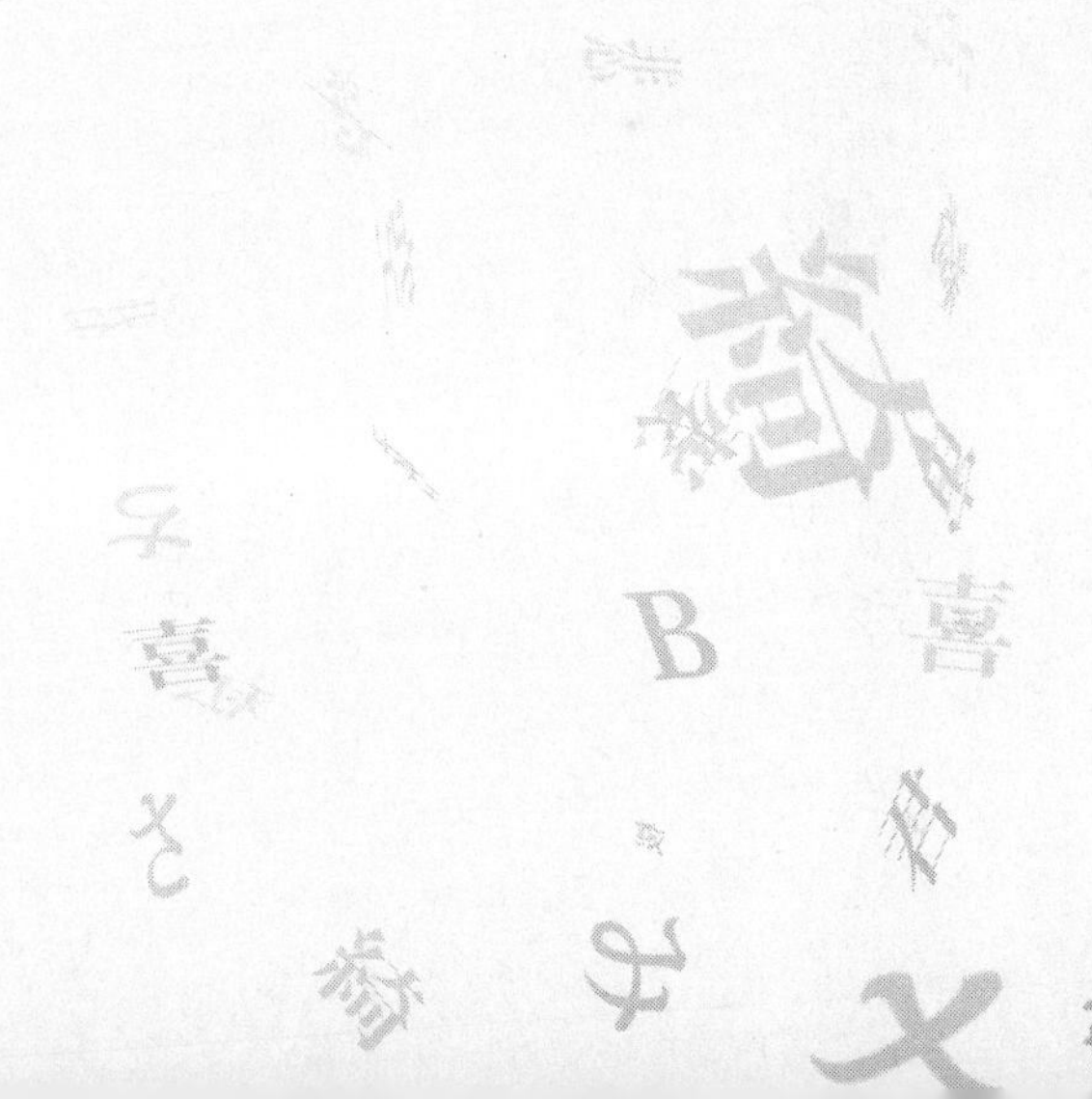

「私は人間が怖いかな」

大学構内の喫茶店。怖いものってある？　という僕の問いかけに、幼馴染のまどかがそう答えた。絶対嘘じゃん、と僕が笑いながら指摘すると、まどかは本当だってとムキになって反論してくる。じゃあ、具体的に何が怖いのか教えてよ。僕は面白半分に促した。

「子供って本当に怖いよね。こっちの言うことなんて一切聞かないで、すぐに泣いちゃうし。そのくせ妙に大人びたことを知ってて、時々、びっくりするぐらいに背伸びしたセリフなんか言ったりするしさ」とまどかが言う。

僕は高校時代に一度だけ手伝いに呼ばれて参加したボランティアのことを思い出す。まどかは高校時代、学外のボランティア団体に所属していて、休日にはよく保育ボランティアへ行っていた。まどかと一緒に保育園の門をくぐり園内に入ると、まどかを見つけた園児たちが嬉しそうに駆け寄ってくる。「はいはい、後で後で」と満更でもない顔で園児たちと戯れていると、一人の男の子の手が別の男の子の目に当たり、その子が大きな声で泣き始める。

「あーよしよし、痛かったね」

まどかが笑いながら駆け寄り、その小さな身体を抱き上げる。だけど男の子は、抱き上げられた途端に泣くのをやめ、ぎゅっと唇を噛み締めて強く涙をこらえ出した。泣いていいんだよとまどかが話しかけると、男の子は「大好きなまどかちゃんの前で、そんなかっこ悪いことしたくない」と嗚咽混じりで答える。僕とまどかが顔を見合わせる。男の子のセリフがあんまりにも可愛らしくて、僕たちは二人で笑いあった。それにつられて周りの子たちもわけがわからないまま楽しげに笑い出し、胸に抱かれたその男の子もいつの間にか、涙を浮かべながらも一緒に笑っていた。

「友達って本当に怖いよね。ただ一緒にいる時間が長いだけの関係なのに、耳が痛くなることを遠慮なく指摘してくるし。大喧嘩して、もう絶交だとか言ってきたかと思ったら、数日経ったらごめんねって謝ってくるしさ」と彼女が言う。

まどかには、僕と同じくらい長い付き合いになる、綾という親友がいる。綾とまどかはいつも一緒にいて、高校時代には二人とも同じダンス部に入っていた。しかし、そのダンス部である日、まどかが当時の部長と激しく衝突してしまうことがあった。話を聞く限りだと、部長にも確かに至らないところはあるけれど、まどかはまどかでちょっと言いすぎなところがあった。それでもまどかは元々の負けん気の強さが災いして自分の非を一切認めようとせず、部活内での立場も悪くなっていった。だけど、そのまま部活をやめようとしていたまどかに対して、親友の綾が部長と和解するように強く説得した。

「私は間違ったことは言ってない。それなのに、どうして謝らなきゃならないわけ？」

引くに引けなくなっていたまどかがかみつくようにこう言ったらしい。

「間違ったことは言ってなくても、そうやって意地はって、周りに壁を作ってる態度は絶対に間違ってる。そういうとこ、まどかの悪いとこだよ」

綾の言葉をきっかけに、部長との間の諍い（いさかい）なんか比じゃないくらいの大喧嘩が勃発して、元々の喧嘩相手だった部長までもが間に入るくらい、わけのわからないことになってしまった。でも、その後、お互いに同じタイミングで我に返って、ああだこうだやりあっているのが馬鹿馬鹿しくなったようで、お互いに非を認めて、そのままの流れで二人して部長に謝りに行った。

「まどかちゃんが謝るのはわかるけど、なんで綾ちゃんも謝るわけ？」

部長が笑いながら指摘すると、二人とも顔を見合わせ、どうしてだっけとお互いに聞き合ったらしい。

「家族って本当に怖いよね。血が繋がってるってだけで、ずっと関わり合わなくちゃいけないし。育った環境が一緒のはずなのに、感じ方も性格も違って、何考えてるのかわかんない時があるしさ」と彼女が言う。

まどかには三つ歳が離れた亜美ちゃんという妹がいる。亜美ちゃんは中学時代にいじめに遭って長い間不登校になっていた。精神はずっと不安定で、家出をしたり、突然わめき出したりと散々に荒れていたらしい。それでもまどかは亜美ちゃんと正面から向き合った。何度も何度もぶつかって、そうかと思えば仲良くなって、その繰り返し。だけど、最近になってようやく亜美ちゃんの気持ちも安定してきて、彼女は突然高卒認定試験のための勉強を始めた。そして、亜美ちゃんの試験日。車を出してよとまどかにお願いされた。亜美ちゃんを試験会場まで送って、その後、僕とまどかは近場の喫茶店で時間を潰した。まどかは試験に落ちるくらいで人生は変わらないしねと軽口を叩きながらも、いつもよりどこかせわしなかった。試験が終わると、いつものようにぶっきらぼうな表情のまま亜美ちゃんが会場から出てきて、僕の車に乗る。どうだったと尋ねるまどかに、亜美ちゃんが多分落ちたと目も合わせずに答える。重たく、気まずい空気が車内に流れた。だけど、励ましの言葉をかけようとしたまどかを制するように、亜美ちゃんがぽつりと呟いた。

「昔のままだったら、きっとこんな試験なんて受けようとも思わなかったし、一生懸命何かを頑張ったりなんてしなかったと思う。生きてても何の目標もなかったし、早く死んじゃいたいってずっと思ってた」

亜美ちゃんが窓の外を見ながら言葉を継ぐ。

「ありがとう。お姉ちゃん、ずっと私を見捨てないでいてくれて」

どういたしましてと少しだけおどけた口調で答えた後で、耐え切れなくなったまどかは口を押さえて泣き始めた。それを見た亜美ちゃんが顔を赤らめながら「大げさだよ」と笑って、それにつられて僕も笑って、狭い車の中で三人で笑いあった。結局その日の試験は不合格だったけど、亜美ちゃんはめげずにもう一度試験を受けて、見事合格した。来年には私たちがいる大学を受験したいんだってさと、まどかはどこか誇らしげな顔で教えてくれた。

「怖い怖いって言いながら、結局好きなんじゃん」

僕が指摘すると、そういうわけじゃないよと笑いながらまどかが言い返してくる。僕たちが座る窓際の席には昼下がりの日差しが穏やかに降り注ぎ、周囲からは同じ大学の学生の楽しげな会話が聞こえてきていた。

「じゃあ、改めて聞くけどさ。結局のところ、まどかは何が一番怖いわけ?」

「そうだなぁ」

彼女は少しだけ考え込んだ後で、じっと僕の目を覗（のぞ）き込みながらこう言った。

「今は一番、君が怖い」

冷凍保存された湯島先生と左利きの猫

あの優しかった湯島先生が冷凍保存されてから、今年でちょうど十年が経つ。

十年も経てば世界地図の国境線は変わるし、子供の頃に遊んだ空き地は有料駐車場になったりする。十年も経てば元気だった人も死んでしまったりするし、あれだけ嫌いだったセロリが食べられるようになったりする。

そして、十年も経てば小学生だった僕たちは大人になって、働いていたり、大学生になったり、若くして死んでしまったりする。

十年ぶりに訪れた冷凍倉庫。湯島先生はあの日と同じ格好で冷凍保存されていた。十年という月日が色んなものを変えていく中で、湯島先生だけはあの日からずっと時が止まっている。関節や首は本来曲がるはずのない方向へ曲がり、頭には血の跡が残り、それから、両腕の隙間には一匹の猫が収まるくらいの空間があった。湯島先生は僕の人生で出会ってきた人の中で一番優しい人であり、優しさとは何かということを教えてくれた人だった。湯島先生は短い短い時間の中で、僕たちの人生の糧となる大きな財産を残してくれた。湯島先生は、そんな先生だった。

十年前。木の上から降りられなくなっていた猫を助けるために木に登り、そのまま足を滑らせ、頭から真っ逆さまに落ちて死んでしまった湯島先生。助けられた猫が目にも留まらぬ速さで逃げていく中、僕たちは先生の元へ駆け寄って、あの優しかった先生があっけなく死んでしまったという現実を突きつけられた。

先生の優しさを一生忘れないためにも、先生を冷凍保存しよう。

一体誰がそんなことを言い出したのか。覚えていない。むーちょ？　てっちゃん？　青山さん？　それとも、隣のクラスの担任だった宮脇先生？　だけど、僕たちは真剣に話し合って、先生を近くの市場にある冷凍倉庫で冷凍保存してもらうことにした。

冷凍倉庫へ運ぶために、校庭にやってきたフォークリフトが湯島先生の死体を持ち上げた時、同じクラスの青山さんは声をあげて泣いた。青山さんの家はめちゃくちゃな状態で、湯島先生はそんな青山さんを支えていた、たった一人の味方だったから。

置いていかないで！　青山さんは湯島先生の死体を運んでいくフォークリフトを走って追いかけ、途中で転んでしまった。宮脇先生が慌てて青山さんに駆け寄って、泣きじゃくる青山さんを抱きかかえるのが見えた。校門の段差を乗り越える時、フォークリフトががたんと音を立て、湯島先生の死体がそれに合わせて揺れる。置いていかないで。フォークリフトの姿が見えなくなった後、青山さんは宮脇先生の腕の中で、もう一度そう呟いた。

それからも僕たちの日常は続いていったし、一日、また一日と大人の階段を上っていった。だけど、僕たちの心の中からあの優しかった湯島先生の存在が消えることはなかった。湯島先生のことを思い出さなくなったとしても、それは湯島先生の存在が僕たちの無意識に溶け込んで、わざわざ思い出す必要すらなくなっただけ。

やがて、僕たちが冷凍倉庫に眠る湯島先生の元を訪れる間隔は少しずつ開いていき、一人、また一人と先生に会いにいく人はいなくなっていった。結局最後まで残ったのは、僕と青山さんで、僕たち二人が最後に冷凍倉庫で顔を合わせたのは、高校受験を控えた中三の冬だった。

冷凍倉庫の中、青山さんは分厚いダウンを着込み、マフラーと手袋で完全防寒をしていたけど、身体は寒さで震えていて、口からは白い息がタバコの煙のようにこぼれ出ていた。絵本を書いているの。県外の有名私立を受験するという青山さんは冷凍倉庫の中でそれを教えてくれた。『ヒステリックキャラメルとメランコリックバター』という題名で、物語にはヒステリックもキャラメルもメランコリックもバターも出てこないらしい。

「ひょっとしたらだけど、キャラメルは出てくるかも。でも、こういうのって実際に書いてみないとわからないじゃん？」

それが僕と青山さんの最後の会話だった。青山さんは無事に合格して県外に出て行き、僕は第一志望の高校に落ちて滑り止めだった県内の私立高校へ入学した。

あの時のクラスメイトが今、どこで何をしているのか。いまだに親交のあるてっちゃん以外、全く知らない。てっちゃんは高校を卒業した後、レンタル彼氏として生計を立てている。お金を稼げるのは若いうちだけだし、資格を取るなりして手に職をつけておいた方がいいんじゃない？　と僕が言うと、てっちゃんは俺に指図するなと言って僕をボコボコに痛めつけてくる。

僕はてっちゃんに殴られている間、何回殴られたのかを数えるようにしている。たまに意識が飛んで、数え漏れてしまうことがあるけど、僕は回数をきちんと頭に刻みつけ、自分の手帳に殴られた数を書き留める。

1、3、5、5、17、6、3、2、14、8、9、7……。

日記には、そんな数字が飛び飛びで記されている。この数字を将来何かに使うわけではない。でも、僕は数字を記録し続ける。殴られて腫れた頬をさすりながら。

6、8、5、1、1、3、2、20、19、2、32、27……。

湯島先生。僕は先生のような優しい人間になれてるでしょうか？

＊＊＊＊＊

あの青山さんから久しぶりに会わないか、という連絡がきた。

あまりに突然で脈略がなかったから、僕は怪しい宗教に勧誘されるんじゃないかとか、高額な壺を買わされるんじゃないかとか、そんなことを考えてしまった。地元の落ち着いた喫茶店で再会した青山さんは昔の面影を残したままだった。脛まである長いスカートも、ソファにもたれることなくピンと伸ばした背筋も、ムラなく塗られたネイルも。大人にはなっているけれど、それら全てがあの頃の青山さんを思い出させた。

ただ、彼女の左手へ視線を落とした時、手の甲に人の形をしたタトゥーが彫られていることに気がついた。模様でも文字でもなく、人の形をしたタトゥー。シルエットは大人の女性で、髪は肩まで伸びていて、こちらに背を向け、足を崩して座っている。しかし、じっと見つめていると、そのタトゥーはゆっくりと動き出し、こちらへと振り返る。それから足をさすりながら立ち上がって、僕に呼びかけるように両手を大きく振り出した。

「私の姉なの」

僕の視線に気がついた青山さんが、少しだけ恥ずかしそうに教えてくれた。

「私の姉は救いようもないくらいにひどい人だった。平気で人を傷つけるし、自分のためだったらいくらでも嘘をつけるし、大切な人を裏切ることができる。色々話し合って、喧嘩をして、でも、どうにもならなくて……結局最後は、生きたまま私のタトゥーにすることにしたの。まだ生きてるからタトゥーになっても動き続けられるし、私の体のあちこちを這い回ることができる」

そう言うと青山さんは僕の右手を摑んで、自分の左腕をゆっくりと触らせた。タトゥーになった青山さんのお姉さんは僕に少しでも近づこうと手の甲から這いつくばるように登っていく。お姉さんの右手にはスプレー缶のようなものが握られている。なんだろうと思ってじっと見つめていると、彼女は持っていたスプレー缶で、皮膚の内側から外に向け、黒色の文字を描いていく。

『HELP』

気にしないで。掠れるようなその文字を見続けていた僕に、青山さんが小さく呟いた。

「生きたままタトゥーにされたお姉ちゃんを可哀想だって思うかもしれないけど、少なくとも、今までお姉ちゃんがやってきたことを償うまでは、ここから出ることは許されない」

スプレー缶で描いた文字が霧のように少しずつ輪郭を失い、消えていく。タトゥーになったお姉さんは両腕をだらんと垂らし、文字が消えた場所をただじっと見上げていた。

「優しくない人は嫌い」

青山さんが言った。

「でも、優しくない人が一人残らずいなくなったとしても、悲しみがなくなることはないし、この世界が優しさで満たされることもないんでしょうね」

タトゥーのお姉さんが膝から崩れ落ち、両手で顔を覆って泣き始める。青山さんの言葉が僕に向けられたものなのか、お姉さんに向けられたものなのか、わからなかった。静かな喫茶店の中。僕たちは何も言わずに、じっとタトゥーになったお姉さんを見つめ続ける。静寂の中、耳を澄ましていると、お姉さんが啜(すす)り泣く悲しい声が、耳の奥から聞こえてくるような気がした。

＊＊＊＊＊

十年前に湯島先生に助けてもらった猫です。突然家にやってきた同い年くらいの女性は、僕に向かってそんなことを言ってきた。そして猫は、湯島先生のところへ連れていって欲しい、とお願いしてきた。

「結局その一週間後に車に轢(ひ)かれて死んでしまったんですが、お礼も何も言わずに逃げたことがあんまり良くなかったらしくて……罰として人間に転生させられてしまったんです。感謝の気持ちがあるわけではないんですが……せめて形だけでもお礼を言っておかないと、来世もまた人間にされてしまうんです」

別に断る理由はなかったし、僕たちは電車とバスを乗り継いで、湯島先生が冷凍保存されている冷凍倉庫へと向かうことにした。

バスに乗り、最寄りの駅へ辿り着き、改札を通る。その後、猫は僕の方を見て、自分は左利きなんだと脈絡もなく教えてくれる。

「たとえばさっき通った電車の改札があるでしょ。あれは右側に切符を入れたり、ICカードをかざす場所がついてる。右利きの人は楽かもしれないけど、左利きの人にとったら不便。この社会では、色んなものが右利きの人を前提に作られている。昔、左利きの人は早死にするなんて言い伝えがあったけど、そういった小さなストレスが溜まって、早死にしちゃうのかもね」

どうしていきなりそんなことを話してくるんだろう。僕が不思議に思っていると猫は自分の髪を撫でながら言葉を続けた。

「優しい人って、左利きの人と似てるなって、思うの。優しい人間でいるってことはさ、右利きを前提とした社会で、左利きとして生きるみたいなことだと思うの。それに……気がつけば左利きになっているみたいに、自分から進んで優しい人間になる人なんてほとんどいない」

猫の言葉に僕は何も言い返せなかった。駅のホームには少しずつ人が増えていって、真上にある電光掲示板がもうすぐ電車がやってくることを知らせていた。遠くから踏切が閉まることを告げる警報音が聞こえてきた。それから僕たちは言葉少ななまま、電車に揺られ、湯島先生がいる冷凍倉庫へ辿り着く。猫はどうして湯島先生が冷凍保存されているのかなんて聞いてこなかったし、木から落ちたあの日のままの先生を見ても、別に何とも思っていなそうだった。寒いね。猫は両手で両腕をさすりながら笑いかけてくる。

「私は今優しくされたんだって気がつくためには、何が優しさなのかを知っておく必要があるわけでしょ？　でも、これが優しさなんだよってことは誰も教えてくれないし、教科書にも書いてない。一般的には、誰かに優しくしてもらって、優しさが何かってものを少しずつ知っていくことができるんでしょうね。でもね、誰からも優しくされたことがなければ、優しさが何なのかを知らずに生きていくしかないの」

猫が僕の目を、それから僕に優しさを教えてくれた湯島先生の方を見て、言葉を続ける。

「私は誰からも優しくされたことがない猫だったから、どうか悪く思わないで。それから……前世の私みたいに何が優しさなのかさえ知らない人がいたら、何が優しさなのかを教えてあげてね。あの先生みたいに」

それから猫は笑って、手を合わせる。湯島先生、ありがとう。心のこもってない、形だけのお礼をした後で、猫は僕の手を握った。寒い冷凍倉庫の中で握った猫の手はとても柔らかくて、だけど氷を直接握っているかのように冷たかった。

帰ろっか。猫は僕にそう呟く。

「家で旦那が待ってるから、早く帰んないといけないの」

それから僕たちは冷凍倉庫を出て、途中まで同じ電車に乗って、そのまま連絡先を交換することなく別れた。

僕は湯島先生のことを思い出す。昔は生きていた頃の湯島先生の姿の方が多かったけれど、今、思い出す湯島先生の姿は、冷凍倉庫で保存されている姿のことが多い。でも、冷凍保存されている湯島先生の姿も、僕は嫌いじゃない。腕の中の猫が傷つかないように受け身すら取らず、頭から真っ逆さまに落ちて、帰らぬ人となった先生。この世界は先生みたいな人を前提とした作りにはなっていないし、先生みたいな人は、きっと生きていくだけでも大変だと思う。

前世の私みたいに何が優しさなのかさえ知らない人がいたら、何が優しさなのかを教えてあげてね。あの先生みたいに。左利きの猫が冷凍倉庫の中で僕に言った言葉を思い出す。家に帰り、僕は日記を開き、そこに書かれた数字を目で追っていく。

1、3、5、5、17、6、3、2、14、8、9、7……。

湯島先生。僕は先生のような優しい人間になれることを、願っています。いつまでも、いつまでも、いつまでも。

ハッピーバースデー、
ミスターロックンロール

ミスターロックンロールは平成の始まりに生まれ、そして五年前の夏、二十代半ばという若さで亡くなった。若くして死んだという点を除けば、彼はその他大勢の人間と同じような人間、つまりは、自分の理想を叶(かな)えようともがき、愛を求め、そして結局何者にもなれなかった人間だった。

　ミスターロックンロールは高校卒業と同時に上京し、ライブハウスの掲示板で集めたバンドメンバーとともに本格的な音楽活動を開始した。しかし、彼の音楽人生そのものと同じように、初期に集まったバンドメンバーはミスターロックンロールが描く理想とはかけ離れた奴(やつ)らだった。ベースは化学製品の専門商社で働く営業マンで、大学時代に所属していたサークルの延長線上でバンドをやろうと考え、アフター5の趣味に努力なんてまっぴらだというスタンスだった。キーボードは口を開けば嘘(うそ)の武勇伝を語るような虚言癖で、演奏中にしょっちゅうミスをしては、自分以外の人間を責め、バンド内の雰囲気をめちゃくちゃにするような人間だった。そして、ドラムに至っては、ほぼ楽器を触ったことのない高校生で、ドラムスティックの持ち方から教えてやる必要があるほどのド素人だった。初めての顔合わせを行い、そして互いの実力を見極めるためのセッションをやり終えた後、ミスターロックンロールはバンドメンバーを一人ずつ見渡し、こう言った。

「クソッタレ！」

それでも全てを捨てて上京してきたミスターロックンロールには、どんな環境であろうと、どんなメンバーであろうと、自分の音楽を貫けるだけの根性があった。ミスターロックンロールがギター兼ボーカルを務めたバンドは、精力的にライブ活動を行った。演奏する曲には二つのこだわりを持っていた。一つは、他の人間が作った音楽ではなく、彼自身が作詞作曲した音楽であること、そしてもう一つは、ロックンロールであることだった。ミスターロックンロールの人生において最も悲劇的だったのは、彼に音楽の才能があったことだった。事実、雑音を聞いている方がマシとも思える演奏の中にも、一部の人間の心を揺さぶるような、痛々しいほどに尖った才能が見え隠れしていた。

「あいつらがライブ活動を始めた時は噂になったよ。金を取って、音楽ですらない不快音を聞かせる詐欺集団がいるってさ。俺も最初は冷やかしのつもりで聞いて、噂以上にひどい音楽だったからさ、怒りを通り越して笑っちまったよ。でもな、それからも冷やかしで通い詰めるうちに、少しずつではあるんだけど、他のバンドでは絶対に出せないセンスみたいなものが見えてきてさ、『あれ、こいつらひょっとして才能あるんじゃねえか』って思い出したんだ」

当時、ミスターロックンロールが精力的に活動を行っていたライブハウスの常連はこう評した。

「だけど、それ以上の何かではなかった。もちろん、奴のセンスは疑いのないものだし、音楽の才能があると言っても過言じゃなかった。でもな、こういう場所にはさ、才能がある奴は腐るほどいるんだよ。才能はあったが、それは全ての人間がひれ伏すレベルの突き抜けた才能ではなかった。あいつらも、結局はその腐るほどいた人間の一人だったってことだよ」

彼にバンドメンバーで一番印象に残っているのは誰かと尋ねると、闇雲にドラムを叩いているとしか思えない高校生ドラマーの名前を挙げた。ちなみに彼は、バンド結成から一年後に活動からフェードアウトし、そのまま姿を消した。彼はその後ひょんなことからテレビ局の放送作家となり、今現在、中規模な番組制作会社で働いている。

ミスターロックンロールは高校生の時、佳菜子という同級生と付き合っていた。彼女は特別器量がいいというわけではなかったが、愛嬌があり、ミスターロックンロールのこじれた劣等感を受け止めるだけの包容力があった。ミスターロックンロールは彼女を愛していたし、彼女もまたミスターロックンロールを愛していた。若者らしく二人は自分たちの愛が本物だと信じ切っていたし、互いに相手が人生におけるたった一人の恋人なのだろうと考えていた。佳菜子はロックについて疎かったが、それでも彼の音楽を理解しようと努力していたし、それを通して彼の全てを受け入れようと思っていた。

「多分彼は才能があったんだと思う。彼氏だったし、贔屓目に見てたってことはあるかもしれないけど、それを差し引いても、すごいなって思える部分があったよ。でも、その一方で、そばで見ていて大変そうだなって思うこともあったの。凡人と天才の間にある壁だけじゃなくて、天才と天才の間にも分厚くて、高い壁があるってことを、彼は誰よりも知っていた。そのことを考えると挫けそうになるから、できるだけ考えないようにしてるんだってよく言ってた。そこが彼の弱いところだったし、彼の可哀想なところだった」

ミスターロックンロールの上京の後、二人は遠距離恋愛を始め、そして少しずつ疎遠になっていった。最後に二人が会話を交わしたのは、地元の成人式だった。二人はベンチに腰掛け、そして恋人から友達に戻ろうとミスターロックンロールから提案し、それに佳菜子が同意した。その当時、ミスターロックンロールは音楽活動で知り合ったファンの一人と肉体関係を持ち、佳菜子は大学のサークルの先輩と付き合っていたため、それは別れ話というよりは、ただの確認作業という方がふさわしかった。当日の天気は冬の快晴で、空は、どうしようもないほど高かった。佳菜子は現在、職場で知り合った男性と結婚し、二人の可愛らしい男の子の母親として幸せな生活を送っている。

ミスターロックンロール率いるバンドは頻繁にメンバーが入れ替わり、少しずつではあるが全体の演奏技術が向上していった。その結果、彼らが拠点としていたライブハウスの全盛期を支える看板バンドの一つへと成長した。そのライブハウスの全盛期には、数多くの才気溢れるバンドが集まり、その中には後にメジャーデビューをするミュージシャンもいた。

それでも、ミスターロックンロールは数多くいるミュージシャンの中でも異色の存在だった。彼は媚びること、そして誰かから指図を受けることを嫌った。大手レーベルとの食事会を断り、彼らからのアドバイスにも、それが正しいか間違っているかにかかわらず、頑なに耳を塞ぎ、自分の頭で考えたことだけを信じ続けた。周りの人間はミスターロックンロールを時代遅れだと笑ったが、その一方で、自分たちがいつの間にか失くしてしまったものを頑なに守り続けるその姿に、嫉妬にも似た尊敬の念を抱かざるをえなかった。

ミスターロックンロールとともに全盛期のライブハウスで活動していた音楽仲間に、三橋という名前のシンガーソングライターがいた。彼は才能だけではなく、時代の潮流を読む能力と、周りの人間の協力や応援を巧みに獲得する能力に長けていた。その点において、ミスターロックンロールとは対照的な人間だったと言えるだろう。

「百年に一度レベルの天才でもない俺たちが、いつまでも尖ってられるはずがないだろ? 地べたを這いずり回って、媚びてると言われても周りから同情を集めて、それでやっと俺たちは認められるんじゃねえのか? 俺もお前も結局は周りに認められたいから音楽をやってるんだ。もっと素直になれよ」

ライブの打ち上げで、三橋はミスターロックンロールにそう突っかかった。お互いに才能を認めあっていたし、音楽のレベルも同程度だった。しかし、その時、三橋は大手の音楽レーベルから声をかけられており、まさに狭いライブハウスからメジャーへの道を歩み出そうとしている最中だった。大手レーベルからは一般受けしないという評価を受けながらも、それでも自分の音楽を頑なに守り、一定のファンを獲得していたミスターロックンロールへのコンプレックスがあったのかもしれない。三橋はこの時の会話を振り返る。

「違うんだ。確かにお前の言う通り、俺の求めることはみんなから音楽を認められて、称賛を浴びることなのかもしれない。でも、たとえ心に思っていたとしても、それを口に出したり、態度に表すのは違うんだよ」

ミスターロックンロールは酔いでろれつの回らなくなった口調で呟く。ミスターロックンロールもミスターロックンロールで、メジャーデビューを決めていく周りの仲間を見て、自分自身の方向性に迷っている最中だった。だからこそ、彼は自分自身に言い聞かせるように、同じような言葉を、何度も何度も繰り返した。

「どう違うんだ」

三橋が詰め寄る。

「それは……」

ミスターロックンロールが焦点の合わない目で天井を見つめながら、答えた。

「少なくともそれは……ロックンロールじゃない」

ミスターロックンロールはどこにでもあるような平凡な家庭で生まれ育った。両親の仲はよく、取り立てて貧乏だということも、裕福だということもなかった。彼は早い時期からロックンロールの魅力に取り憑かれ、浴びるように聴き続けていた。それとともに、素晴らしい音楽を生み出す彼らの生い立ちを調べ、自分が置かれた恵まれた環境に深いコンプレックスを抱いていた。

ロックンロールであり続けるためには、才能とは別の何かしらの理由が必要だと彼は考えていた。それは自分の暗い生い立ちであったり、人生におけるドラマチックな挫折である必要があった。しかし、ミスターロックンロールがいくら考えてみても、自分自身にそのような必然を見出すことはできなかった。周りを見渡せば、彼よりもずっとロックンロールであり続ける理由を持った人間が大勢いた。彼には音楽を続けるだけの精神的、時間的なゆとりもあったし、音楽の道を進むことにミスターロックンロールの家族は理解を示してくれた。果たして自分は素晴らしい音楽を生み出す星の下に生まれたのだろうか。高校生だったミスターロックンロールはその答えを知るため、家族に隠れてこっそりとタバコを吸い始めたが、中毒になる前に小遣いが尽き、数ヶ月でそれもやめてしまった。

ミスターロックンロールは交通事故で亡くなった。その日は雨で視界が悪く、ミスターロックンロールはバイト先に向かうため、バイクをいつも以上の速度で走らせていた。突然横から突っ込んできた車と衝突し、ミスターロックンロールは車体ごと吹き飛ばされ、固く濡れたコンクリートの地面に叩きつけられた。当たりどころが悪く、頭から血を流しながらも、ミスターロックンロールは意識を失う最後まで自分が死んでしまうとは考えていなかった。薄れゆく意識と、雨雲で覆われた視界の中で、ミスターロックンロールは翌月のライブまでに完成させなければならない新曲について考えていた。そして頭の中に一つのメロディが浮かび、これなら行けそうだとほくそ笑みながら意識を失い、そしてそのまま二度と目覚めることはなかった。ちなみに、彼が死の間際に思いついたメロディは、数年前に一度思いついていたもので、よくよく聴いてみるとそこまで魅力的じゃないという理由でボツにしたものだった。仮にミスターロックンロールが奇跡的に一命をとりとめ、そのメロディを覚えていたとしても、それが翌月のライブイベントで披露する新曲に組み込まれることはなかっただろう。

ミスターロックンロールの最後の誕生日は彼が交通事故で亡くなる六ヶ月前で、ライブハウス主催のイベント最終日だった。打ち上げの席。とある音楽仲間が突然、今日はミスターロックンロールの誕生日だと大声で発表し、酒で気分が良くなっていた周りの人間がそれを囃し立てた。

何人もの音楽仲間が彼の席にやってきては、誕生日を祝った。そして最後に彼の席にやってきたのは三橋だった。三橋はこの日のライブイベント後に華々しくメジャーデビューを行い、その後立て続けにヒットを飛ばして、人気ミュージシャンの仲間入りを果たすことになる。

「ハッピーバースデー、ミスターロックンロール」

三橋がそう言って笑った。三橋はメジャーデビュー作となる曲に手応えを感じており、自分がやってきたことの正しさをようやく自分で認められるようになっていた。そのため、このミスターロックンロールという言葉には、きっとメジャーにはなれないまま終わるであろう彼の音楽人生への皮肉と、それでも頑なに尖り続けようとする彼への尊敬が込められていた。

ミスターロックンロールは手に持っていたグラスを持ち上げ、それに応える。この時はまだ、彼は三橋のメジャーデビューを知らず、三橋のことを自分と同じようにくすぶっている仲間としてしか見ていなかった。ミスターロックンロールと三橋は互いに向き合い、音楽について語り合う。ミスターロックンロールの言葉には熱があり、そして、自身が認められないことに対する悲愴感が含まれていた。三橋はそのことを感じ取ってはいたが、それを指摘することはなかった。それは彼の余裕がそうさせたのではなく、彼なりのミスターロックンロールへの敬意がそうさせたのだった。

打ち上げが盛り上がりを見せる中、ミスターロックンロールは明日が早いからという理由で一足先に帰路についた。季節は冬であり、張り詰めた寒さにミスターロックンロールは身体を震わせた。人通りの少ない歩道を、ほろ酔いの彼は陽気に口笛を吹きながら歩いていった。疲労感はあったし、背負っているギターケースはいつもより重い。彼自身行き詰まりを感じていた時期であったし、それは彼が交通事故で命を落とすその日まで解消することはなかった。

無意識に口ずさんだメロディにミスターロックンロールの足が止まる。もう一度だけ同じフレーズを口ずさみ、思いがけない天からの誕生日プレゼントに心踊らせた。

彼は再び歩き出す。息を潜めた冬の空に、ミスターロックンロールの音楽が溶けて、消えていった。

スィミング欲

「人間には三大欲求というものがあります。食欲、性欲、そしてもう一つがスイミング欲です。これらはいずれも人間が生きていくのに必要不可欠な欲求であり、決して恥ずかしがる必要はありません」

医者は目の前に座る患者にできるだけ優しく語りかける。それでも、カウンセリングにやってきた中年男性は落ち着かない様子で、両手を小刻みに動かしながら、目を泳がせていた。

「もちろんわかっているんです。ですが、川や海、ひどい時なんかは道にできた水溜(みずたま)りを見るだけでスイミング欲がむくむくっと湧いてきて、気がついたら水の中に飛び込んでしまっているんです。その衝動的な行動のせいで、会社はクビになり、家内には逃げられ、人生はめちゃくちゃです！　先生なら……先生なら僕の気持ちをわかってくれますよね⁉」

「なるほど……よくわかりました。お薬を処方しておきましょう。お大事に」

医者はカルテに重度のスイミング依存症だと書き記す。次の方どうぞ。医者の呼びかけと同時に診察室の扉が開き、若い男性が入ってくる。

「どういったお悩みで？」

「なかなか人には理解してもらえないんですが、昔から段差や溝を見るといてもたってもいられなくなるんです。普通に上ったり、回り道をすれば良いのに、どうしても勢いよく飛び越えたくなってしまう……。そのせいで足はボロボロで、将来を有望視されていた陸上の選手生命も絶たれてしまいました。先生！　僕はなんでこんなことになってしまったんでしょう⁉」

「きっと幼少期に受けた性的外傷などのトラウマが原因なんでしょう。フロイトの著作でも読みなさい」

患者が出て行き、医者はカルテに『ジャンピング欲』という言葉を記した。そして、次の方という言葉を待つまでもなく、次の患者が診察室に入ってくる。

「どうされました？」

「サラダ……。サラダ……。サラダ……。サラダ……」

「ええ、ええ。それはお辛(つら)い経験でしたね。ゆっくりと時間をかけて元気になっていきましょう」

看護師に支えられながら患者が診察室を出て行く。医者はその患者を見送った後で、カルテに『ドレッシング欲』と書き記した。

「先生、雑誌記者の方がいらしてます」

看護師からそう呼びかけられた医者は着替えることなくそのまま診察室から、応接室に移動する。ソファには若い記者が座っており、二人は挨拶と名刺を交わした。

「人間の様々な欲望に焦点を当てた診療をなさっている先生にお聞きしたいです。人間の欲望についてどのようなお考えをお持ちでしょうか？」

医者はこほんと咳払い（せきばら）をし、記者に語る。

「欲望という言葉自体に、世間一般ではマイナスのイメージを持たれる方が多いと思います。ですが、私は欲望こそがその人の人格を形成し、その多種多様な欲望こそが人間の深み、多様性を築き上げているのだと思っています。だから、私は医師として診察にあたってはいますが、みなさんには欲望にもっと忠実になって良いんだと訴えたいですね」

なるほど。記者は感銘を受けた表情で力強く頷（うなず）いた。

「ありがとうございます。それでは最後にもう一つだけ質問なのですが……どうして、先生は白衣ではなく水着を着ているんですか？」

医者は微笑（ほほえ）み、恥ずかしそうに自身の海パンに目をやりながら、説明する。

「世の中には色んな欲望があるんですが、欲望には優先度があるんです。例えば、お腹(なか)が減ってしょうがない時は、承認欲求とかよりも食欲が勝つでしょう？　私が水着姿なのはつまり、そういうことなんです」

本日はありがとうございました。インタビューが終わり、記者は丁寧にお礼を言ってから部屋を出て行った。医者はふうっと小さくため息をついた後で、机の上に置かれた水のペットボトルへ視線がいく。そして、むらむらっと自分の中で欲求が強くなるのを自覚した。

医者はペットボトルの蓋を取り、フロアタイルの床に水をこぼしていく。それから、床にできた小さな水溜りをうっとりと眺めると、そのままその水溜り目掛けて、勢いよく飛び込むのだった。

湿地の魔女は
住宅ローン審査に通らない

「大変申し上げにくいのですが、セレサ・ノラッコ様の住宅ローン審査は通りません でした。そのため、当行で住宅ローンを組むことはできません」

住宅ローン担当者から伝えられたその事実に、湿地の魔女セレサ・ノラッコは思わず自分の耳を疑った。

「えっと、こんなこと言うのはすごく恥ずかしいんですけど……私のことってご存じですか？」

「はい。湿地の魔女セレサ・ノラッコという名前を、この国で知らない人はいないと思います。三百年前のカーネーション民主化運動では、当時無敗を誇っていた国王軍の魔術師精鋭部隊をたった一人で退ける大活躍をなされ、現在は湿地で隠遁生活を送りながらも、名だたる魔法使いを育て上げ続けている伝説の魔女です。魔法使いとしての実力はもちろん、人徳もあり、私も幼少期にはセレサさんに密着したドキュメンタリー番組を見て、とても感銘を受けた一人なんです」

「でも、住宅ローン審査には落ちたんですか？」

「それとこれとは話が別ですので」

　担当者が机の上にセレサが提出した申請書類を広げる。それから、『魔法使い』と書かれた職業欄、そして前年度の収入欄を指差しながら、審査に落ちた理由を淡々と説明していく。

「まず、魔法使いという職業は個人事業主に該当しますので、その点で会社員や公務員と比較すると、審査が厳しくなります。加えて、セレサ様のここ数年の収入は他の一般的な魔法使いよりもかなり低めです」

「お金は村人たちの相談に乗った時に謝礼として受け取るくらいですし、基本的には物々交換で済ませていることが多くて……」

「また、住宅ローンの担保として、湿地を担保に設定することになっているのですが、場所が場所ですので、価値が低いんです。それにですね、セレサ様の信用情報を調べたところ、審査に不利な情報がいくつか記載されていたんです。例えば……百年前にクレジットカードの滞納をされていたり、またここ最近、国民年金保険を支払っていなかったり、などなどです」

　突きつけられた事実に、セレサは何も言い返せなかった。住宅ローン担当者は申し訳なさそうな表情を浮かべ、それから、机の下で両手をもじもじさせながら、こう言った。

「以上の理由から、当行では住宅ローンを組むことができません。あと、審査を落とした手前大変言いづらいんですが……サインとかってもらうことできます？」

＊＊＊＊

セレサの弟子の一人、ユーリ・マドルが湿地に建てられたボロボロの家を久しぶりに訪れた時、セレサはお酒が入ったグラスを握りしめ、机の上に突っ伏していた。彼女はまたかとため息をつきながらも、敬愛する師匠を後ろから優しく揺すり起こしてあげた。

「放っておいてよ、住宅ローンひとつ組めないみじめな魔女なんてさ！」

一体何があったんですか？　マドルが向かいの椅子に腰掛けながら尋ねると、セレサはろれつが回らない状態のまま、住宅ローン審査に落ちたことを説明した。

「どれだけ有名になったってさ、銀行からの信用ひとつ得られないんじゃ、私はその程度の魔法使いってことよ」

「そんなに落ち込まないで元気出してくださいよ。師匠ほど素晴らしい魔法使いはいませんって。内戦孤児になって、そのまま野垂れ死ぬはずだった私を拾ってくれて、こんなに立派な魔法使いに育ててくれたじゃないですか。そりゃ普段は恥ずかしくて口にはできないですけど、師匠には心の底から感謝してるし、尊敬しているんですよ」

「うるせーばか」

「(この野郎……)」

セレサはグラスの底に残っていたお酒を喉に流し込み、グラスを勢いよく机の上に叩きつけた。

「お金もさぁ、私だってたくさん欲しいわよ。でも、私を頼ってくる村人はみんな決まって貧乏だから、強く言えないし、私の代わりに誰か他の魔法使いが彼らの面倒を見てくれるわけじゃないでしょ？　人の役に立つことは素晴らしいことよ。でもさ、大した魔力も持たない魔法使いたちがタワマンとかに住んでるのを見てたら色々と思うところがあるの！　私だって……私だって、庭付き二階建ての４ＬＤＫのマイホームが欲しい‼」

一人暮らしだとその間取りは持て余しますよ。マドルはそう慰めの言葉をかける。

しかし、セレサは不貞腐れたまま、お酒が入っていたグラスの縁を舐めては、自分の惨めさを嘆き続けた。嫌なことがあったらやけ酒をして卑屈になるという彼女の一面は知っているものの、改めてマドルは面倒臭いなぁという気持ちを抑えきれなかった。

それでも、マドルはぐるっと、自分たちが今いる家を見回してみた。天井は低く、塗装はすっかり剝がれ落ちて、大きな穴が開いている。床を踏み締めるたびに心臓に悪い音が足元から伝わってくるし、実際、誰かが踏み抜いた跡があちらこちらにある。トイレはいまだに汲み取り式で、水道は井戸から引いてきているだけなので、もちろんお湯なんて出ない。数少ない部屋は、セレサが所有する大量の魔術書や魔法具の収納と化しており、泊まりに来た時はいつも床の上で寝なければならない。

かつて、師匠から魔法を教わり、貴重な青春時代を過ごしたこの家。ここで師匠と暮らしていた時は何とも思っていなかった。しかし、師匠から独立し、都会でそれなりの会社に就職している自分の家と比較すると、その惨めさは一目瞭然だった。

確かにたまに面倒に思う時もあるけれど、マドルは師匠を心の底から愛していた。だからこそ、師匠がいつまでもこんなボロ小屋に住んでいるのは心苦しかったし、何より、あの湿地の魔女が住宅ローン審査に落ちるなんて、これほど侮辱的なことはありえなかった。改めて師匠の置かれた状況を振り返ったマドルの心の中に、ふつふつと色んな感情が湧き上がってくる。

「師匠……住宅ローンを申請する時に提出した書類ってどこにあります？」

今更何に使うのよ。酔っ払いのセレサが尋ねると、マドルは彼女の目を強く見つめ、答える。

「住宅ローン審査を突破して、師匠を落とした奴らを見返してやるんですよ。師匠が私を一人前の魔法使いに育ててくれたように、私が師匠の住宅ローン審査を通してみせます！」

＊＊＊＊＊

「まずは住宅ローンの審査を少しでも有利に進めるために、信用情報の整理を行いましょう」

住宅ローン審査をもう一度行う。そう宣言してから三日後、再び湿地を訪れたマドルはセレサにそう提案した。セレサは困惑げに眉をひそめ、具体的に何をすればいいのよと尋ねる。

「まずは滞納している国民年金保険料をどうにかしましょう。将来的に返ってこないからとあえて払わない人もいるそうですが、少なくとも住宅ローン審査においては、その考えはNGです。個人事業主として国民年金に加入している以上、支払いは国民の義務です。ここを滞納してしまうと、信頼情報に傷がつくことになります。一定期間内であれば、滞納分を遡(さかのぼ)って支払うことができるので、まずはそれを支払い、現在進行形で滞納しているという事実を解消しましょう」

　セレサとマドルは書斎棚から数時間かけて国民年金番号が記入された書類を引っ張り出し、年金事務所にて滞納分を支払った。

「次は弁護士事務所です」

「弁護士？　審査を落とした銀行相手に訴訟でもするの？」

「そんなことをしても勝てるはずないじゃないですか。銀行がローン審査を行う際に参照している信用情報から、審査に不利な情報を削除してもらいに行くんです」

　マドルはそのままセレサに説明を続けた。なんでも、クレジットカードの支払い滞納などがあった場合、信用情報機関というところに滞納したという事実が登録されてしまうらしい。銀行はローン審査を行うにあたって、その信用情報機関から、申請を行った人の情報を取得している。住宅ローン担当者は別の銀行口座で作成したクレジットカードの滞納の事実を知っていたが、それはここ経由で調べていたのかと、セレサは思わず納得してしまう。

「ですが、ここに登録されている情報には有効期限があるんです。本来であれば、有効期限が切れると同時に、情報は削除され、過去に滞納してしまったという情報が銀行側にバレることはなくなります。基本的にこれは自動で消えるはずですが、消えていない場合は弁護士を通じて削除申請を行う必要があるんです。師匠がクレジットカード支払いを滞納したのは百年前です、有効期限はとっくに切れているはずです」

　マドルの知り合いだという弁護士はセレサの大ファンらしく、彼女を担当することを光栄だと言ってくれた。弁護士は真摯(しんし)に二人の相談に乗ってくれ、それから手際よく申請手続きを行ってくれた。

「そして次が、住宅ローン審査を通るために、一番大事なことです。それは、住宅ローン申請を行う銀行をきちんと選ぶこと。ちなみに、師匠が住宅ローンを申請して、あっけなく落とされた銀行ですが、どういった理由で選ばれたんですか？」

「え？　そりゃ、メインで使っている金融機関だし、安心感があるかなって」

「あそこは国内でも屈指の巨大銀行です。知名度も高く、大量に顧客を抱えている。なので、そういった銀行では住宅ローン審査が厳しめに行われていたりするんです」

　だったら、どうすればいいの？　セレサの言葉に対してマドルが続ける。

「住宅ローンの審査は業界自体にルールが存在するのではなく、銀行ごとに審査基準を持っています。だとすれば、話は簡単で、審査が比較的緩い銀行、例えば地方銀行などで申請を行えばいいんです」

「地方銀行？」

「はい、地方銀行は、メガバンクほど顧客を抱えているわけではないですからね。審査は比較的緩めになっていることが多いです。また、融資担当の人に大きな裁量が与えられているケースもあり、細かい事情などもきちんと汲み取ってもらえることがあるんです」

マドルは早速情報の収集を行った。そして、様々な選択肢の中から吟味し、知り合いが働いている、とある地方銀行にターゲットを絞った。そして、セレサはマドルの助言をもらいながら、申請書を作成し、念願のマイホームを建てるため、再び住宅ローンを申請するのだった。

＊＊＊＊

「すみません、セレサさん、マドルさん。私なりにも頑張ってみたんですが、今の状態だと満額で住宅ローン審査を通すことは難しいかもしれません」

　ここまで準備をしたのだから、きっと通るだろう。そんな甘い考えを打ち砕くように、住宅ローン担当となった銀行員から、謝罪の言葉が告げられる。言葉を失ったセレサに代わり、同席していたマドルが詳しい情報を聞き出す。

「ここ最近他の案件でこげつきが発生しちゃいまして、ちょっと審査が厳しめになってるんです。セレサさんのことはもちろん存じ上げているんですが、やっぱり収入が不安定であることと、収入自体が低いことを上司から指摘されてしまいまして……。今必死に説得を行っているんですが、なかなか……」

　それから担当とマドルがあれやこれやと議論を交わす。しかし、議論は平行線のまま、なかなか打開策が見つからない。いつもは冷静なマドルに少しずつ焦りの色が見えてくる。その様子をそばから見ていたセレサは小さくため息をついた。それから二人に向けて小さく「ありがとう、もう大丈夫だから」と呟く。

「もちろん住宅ローン審査が通らないのは残念だけど、これだけ頑張ってもダメだったらそれはもうきっと運命なのよ。もう諦めましょう」

「そんなこと言わないでください！　他に方法があるはずです！」

「ううん、もういいの。これだけマドルが私のために色々やってくれただけで、私は嬉しいの。こんな師匠想いの弟子を持つことができたんだから、マイホームなんてもう必要ないわ」

「でも……！」

　家に帰って温かいものでも食べましょう。セレサがマドルの顔を両手で包み込み、優しく語りかける。マドルは泣きそうな表情でセレサを見つめ返しながら、幼かった頃の記憶を思い出していた。両親を亡くし心の傷を負った自分を優しく受け止め、そして、ここまで立派に育ててくれた師匠。感謝と愛しさがマドルの気持ちを奮い立たせる。マドルはセレサの両手をそっと上から撫で、しかし、力強い目で湿地の魔女を見つめ返した。

「以前、私がどうしてもある魔法を習得できず、苦しんでいた時、師匠は何度も諦めないでと言ってくださいましたよね？　あの時の師匠の言葉は、今でも私を支えてくれる大事な言葉なんです。だから、師匠。今回だって、諦めたくないんです。私、言いましたよね？　師匠が私を一人前の魔法使いにしてくれたように、私が師匠の住宅ローン審査を通してみせるって」

「マドル……」

「腹は括りました。三十分だけ……三十分だけここで待っていてもらえますか？」

　何をするつもりなの？　そんな言葉を口にする間もなく、マドルは瞬間移動魔法の詠唱を始め、数秒のうちに二人の目の前から姿を消してしまった。残されたセレサと行員はお互いに顔を見合わせ、眉をひそめる。そのまま時間が過ぎ、宣言通り三十分ほどしてようやくマドルが再び姿を現した。

そして、マドルはセレサの前に、一枚の書類を叩きつけるように置いた。

「これって……どういう意味？」

「どういう意味も何も、そのままの意味ですよ」

セレサは自分の目を念の為こすり、もう一度目の前に置かれた紙の内容を確認してみる。しかし、何度見ても、そこには『婚姻届』という文字が印字されていた。

「師匠、住宅ローン審査では、配偶者の収入を合算することができるんです。師匠の収入は確かに低いですが、私は大手企業の魔術顧問として働いているので、収入は高く、安定しています。師匠一人だと通らない審査も、私の収入を合算すれば通るでしょう。そして何より、この国では同性による結婚が何十年も前から認められています」

そこまで言い終わったマドルはポケットから先ほど買ってきた指輪を取り出し、そして、セレサの前に掲げた。

「師匠……いや、セレサさん。住宅ローン審査のため、私と結婚してくれませんか？」

セレサは驚きでポカンと口を開ける。マドルは師匠の手を優しく持ち、指輪を左手の薬指にゆっくりとはめていった。

「念の為言っておくと、審査が通ったら離婚するとかそういうことじゃないです。もちろん審査を通すための結婚ではあるんですが、何よりもやっぱり……」

マドルは少しだけ恥ずかしそうに頬を赤らめ、言葉を続けた。

「せっかくの庭付き二階建て4LDKなんですから、二人で暮らさないともったいないじゃないですか？」

＊＊＊＊＊

セレサとマドルは住み慣れた家の窓から、隣の土地に少しずつ家が建っていく様子をぼんやりと眺めていた。マドルはセレサの片腕に抱きつき、寄りかかっている。自分がマイホームを建てることもそうだけれど、まさか自分が弟子と結婚するなんて思ってもいなかった。カンカンと心地よい金属音に耳を澄ませながら、セレサは隣にいる元弟子であり、今は配偶者となったマドルへ視線を送った。

「師匠、忘れてるかもしれないですけど、住宅ローンは組んで終わりじゃないですからね」

　セレサの視線に気がついたマドルが、セレサに対して呟く。

「住宅ローンを組んだ後は、返済計画に則ってきちんと決められた額を毎月支払っていく必要があります。今回、現在建設中の家とこの湿地が担保として設定されているので、滞納してしまうと、これらが競売にかけられてしまいます。なので、収入源を増やすなど、今の生活を一から見直してみるのも必要ですね。あ、そうそう。まだ随分先の話にはなりますが、住宅ローンが完済できたら、きちんと抵当権の抹消をしておかないとダメですからね」

「マドルの言う通り、住宅ローンは支払って終わりじゃないものね。だって、住宅ローン審査を通すため、マドルは私と結婚までしてくれたんだから」

「ええ、もちろん。審査を通すために仕方なく結婚してあげたんだから、頑張ってくださいよ。師匠」

　実は結婚だけではなく、養子縁組でも同じようなことができたということは黙っておこう。マドルはそんなことを思いながら、セレサとともに、建設中の庭付き二階建て4LDKのマイホームを眺めるのだった。

美味しいアルファベット

「こちら『W』と『I』のアミューズ、ハーブ添えでございます」

小粋なフレンチレストラン。髪をムースで整えたウェイターが男女が座るテーブルにそっと料理を置いた。これはどういう料理ですか？　と女性が尋ねると、ウェイターはにこやかに微笑み、料理の解説を行う。

「こちらはブルガリア産の『W』の周りを酢漬けした『I』で巻き、その上にハーブソルトを振りかけたものとなっております。ブルガリア産の『W』は乾燥地帯で栽培されていまして、他の産地のものと比較すると口触りが滑らかなことが特徴です。それではごゆっくり」

ウェイターが優雅にお辞儀をし、テーブルを立ち去った。女性は『I』が巻かれた『W』の端っこを一口かじり、美味しいと驚きの表情を浮かべる。

「前菜は、旬のアルファベットを贅沢に使ったテリーヌとなります。『L』の希少部位である角部分だけを二本分、食感が残るように粗切りにし、アメリカ産『Y』のミンチを繋ぎとして高温のオーブンで焼き上げました。香り付けにオリーブオイルだけを使い、具材本来の旨味をお楽しみいただけるようになっています」

テーブルに座る二人は談笑を交わしながら、美味しいアルファベットを食していく。

店の奥では専属のピアニストが軽やかなジャズ音楽を演奏している。二人は『O』がプカプカと浮かんだヴィシソワーズを嗜みながら、その音楽に耳を傾けた。

「『U』のソテー、フュメドポワソンを添えて、です。フュメドポワソンはオホーツク海で獲れた『M』のアラ部分、真ん中のV字の部分ですね、こちらを香味野菜とともに煮詰めたものです。後味がすっきりしており、鼻を突き抜ける爽やかな香りが特徴となっております」

女性が『U』のソテーをナイフで綺麗に三つに切り分け、カーブ部分を口に運ぶ。淡白な味の中にも旨味が詰まった深いコクを感じることができ、飲み込む時にはフュメドポワソンの爽やかな香りが口いっぱいに広がるのがわかった。

お口直しのソルベ、『A』の果肉が入ったシャーベットを食べながら、女性は「そういえば昨日言っていた大事な話って何？」と男性に尋ねる。男性はグラスに入った白ワインに口をつけながら、「今は食事を楽しもうよ」とはぐらかす。

「こちらが本日のアントレ、イタリア産『R』のガランティーヌです。二切れあるうち、一方には『Y』、もう一方には『M』を『R』の穴部分に詰めて焼き上げています。一見、魚介系の風味とは合わないように思うかもしれません。しかし、イタリアでは『R』に与える飼料として、漁港で獲れたボラのすり身を使うという習慣があり、そのため魚介系の風味とかなり相性がいいのです。ぜひ、ジャガイモのピューレとともにご賞味くださいませ」

二人がアントレを食べ終えると、最後にデザートとして『E』のキャラメリゼを載せたタルトタタンが運ばれてくる。ピアノの演奏はいつの間にか陽気な音楽からしっとりとした曲へと移り変わっていた。デザートを食べ終えた女性がフォークを置き、男性に話しかける。

「こんな素敵なレストランに来るのは初めてだったけど、どのアルファベット料理もとても美味しかった。それで、食事の途中にも聞いたけど、大事な話って何？」

「大事な話はもう伝え終わったよ。後は君の返事を待つだけさ」

男性の言葉に女性が首を傾げる。

「どういう意味？」

「今日のコース料理で出てきたアルファベットを順番に思い返してみて」

「えっと、最初は『W』と『I』のアミューズで、次は二本分の『L』と『Y』を使ったテリーヌで……」

女性はそこであることに気がつき、あっと小さな声を出して口を押さえた。その反応に男性が満足げに笑う。そして、男性はポケットに入れていた結婚指輪を取り出し、彼女の前に捧げてこう言った。

「WILL YOU MARRY ME？（私と結婚してくれませんか？）」

それに対して女性が答える。

「さすがにキザすぎて無理です。ごめんなさい」

月の墓守

『Grave on the Moon（月の墓）』

——星の彼方(かなた)、心の近く。

この世のものとは思えない永遠の安息の地をお探しですか？
あなたの愛する人のため、私たちは美しく洗練された墓地を提供いたします。

★手間いらず
あなたがやることは、ご遺体を入れる棺を用意することと、私たちに連絡をすることと。それだけ。
配送員が教会までお迎えにあがり、あなたの愛する人を月までお届けいたします。

★経済的
地球の土地が不足している一方、月には足を伸ばしてゆっくりとくつろげるだけの土地が多く残されています。

月の重力は弱いですが、至福の贅沢(ぜいたく)を地に足の着いた価格でお楽しみください。

★永遠の存在
あなたの愛する人に会うため、頻繁にお墓を訪れる必要はもうなくなります。

なぜなら、あなたが夜空を眺めるたびに、大切な思い出が永遠に蘇(よみがえ)るのですから。

★無料見積もり
この永遠がどれほど手頃な価格で手に入るか、私たちにお気軽にご相談ください。

見積もりは無料です。


星空の下で眠ることができるのに、なぜわざわざ狭い地球上に落ち着かなければならないのでしょうか？

問い合わせ：XXX-XXXX-XXXX
e-mail：XXXXX@XXX.XXX

＊＊＊＊

僕は宙を見上げる。指定時刻から数十分遅れてようやく、棺を載せたロケットがやってくるのが見えた。僕は重たい腰をあげ、大きく伸びをし、身体に血を巡らせるために深く深く息を吸った。

人間が居住可能な土地に開発されて以降、宇宙服なしでも過ごすことができるようにはなったけれど、今でも地球と比べると月の酸素は薄い。少しでも激しい運動をすると過呼吸みたいな症状が出るし、遮るものがない地上では、昼は砂漠のように暑くて、夜は冷蔵庫の中みたいに寒い。仕事とはいえ、月に住むなんてどうかしてる。みんな口を揃えてそう言うが、僕自身はこの月での生活が気に入っていた。なぜなら、僕がいる、このアストラフィーガン区画には、僕の他には死んだ人間しかいないから。そして、僕は死んだ人間が好きだ。なぜなら、死んだ人間は僕を殴ったり、罵ったりしないから。

砂の海を泳ぐように月面を進み、時折遮るものが何もない空を見て、深いため息をつく。数年前にコストダウンされて、それ以来制御装置の性能がガタ落ちした無人ロケットは、指定着陸地点から数百メートルも離れた場所に落下していた。僕はロケットハッチ入り口横のコンピュータに認証コードを入力し、中から死体が納められた棺を取り出す。棺を吐き出し、そのまま自動運転で再び地球へと飛び立つ準備を始めるロケットの横で、僕は棺の表面に彫られた『シャーロット』という文字をそっと指でなぞった。

「かわいそうに、シャーロット。昔はママ、ママと両手を伸ばして駆け寄ってきた可愛いあの子供たちが、老いて醜くなってしまった君の皺だらけの手を払いのけ、死んだ後にはこうして誰もいない月へと追いやるんだから。でも、気にする必要はないさ。ここのお墓に眠ってるのは、君と同じように孤独で可哀想な人たちばかりなんだ。地球ではどうして自分がこんなに不幸なんだと嘆いていたかもしれないけど、不幸な人に囲まれてさえいれば、きっと気持ちは軽くなるさ」

　個人情報保護の都合上、月の墓守である僕に伝えられるのは、棺の表面に彫られたその人の名前だけ。この棺の中に入っているのが男の骨なのか、女の骨なのか、老人人の骨なのか、子供の骨なのかもわからない。だから、僕は勝手に棺の中で眠っている人の人生を想像する。想像して、哀れんで、大変だったねと話しかける。頭がおかしくなってるとは思ってない。誰もいないこの月の上では、おかしいかおかしくないかを比べる誰かすらいないのだから。

「そうだよ、シャーロット。ここには僕しかいないんだ。驚いただろう？　昔は最低三人はいたらしいんだけど、人件費の削減で一人だけで十分だって判断されたらしい。ここには遊びに行く場所もなければ、僕に話しかけてくる人間もいない。墓を掘って、棺を埋める以外、何もすることがない。もちろん仕事だから、高いとは決して言えないけど、給料は出ている。でもね、何せここにはお金を使う場所がないから、貯まる一方なんだ。貯まったお金を一体何に使えばいいのかも、全く思いつかないし、そもそも考えようって気持ちにもならないんだ」

指定された区域まで棺を引きずっていく。そして、お墓を掘るために作られた機械に必要な情報を入力し、開始ボタンをゆっくりと押す。すると機械がそのままゆっくりと時間をかけて正確な広さと深さの穴を掘っていく。その後、僕はその穴に棺を収める。それから、再び機械のボタンを押して、穴に収められた棺に砂がかけられていくのをただ黙って見届ける。

機械が砂をかけるたび、月のか弱い重力に逆らって砂埃(すなぼこり)が舞い上がり、僕の視界全体にベージュ色の靄(もや)がかかる。少しずつ、時間をかけて見えなくなっていく棺を見ながら、僕は「おやすみ、シャーロット」と別れの言葉をかける。そして棺が見えなくなったところで、僕は機械のスイッチを切る。僕はシャーロットのお墓に十字架を立て、それから周囲が再び静寂に包まれていく。機械の駆動音が小さくなっていって、宙を見上げた。ちょうど真正面に青々とした地球が昇っていた。砂埃の向こう側に見えたその地球は、反吐(へど)が出るくらいに綺麗(きれい)だった。

＊＊＊＊＊

僕の兄貴が死んだ。地球から転送されてきたのはそんな簡潔なメッセージ。そして、そのメッセージの下にはこんな文章が続いていた。

『身寄りもいなかったので、墓は月に作ることになった』

差出人はかろうじて名前を覚えているくらいの遠い親戚で、彼（ひょっとしたら彼女だったかもしれない）は、僕が月で墓守をしていることを知らない。それなのに、どうしてこんなことが起こり得るんだろう。それはまるで、逃げるように地球から月へやってきた僕を、まるで兄貴が追いかけてきているみたいに思えた。

「久しぶりだね、兄貴。兄貴も僕が月にいるなんて知らなかったよね。きっと兄貴は驚いてるだろうけど、僕はその何十倍も驚いてる。何せ、もう一生会うことはないだろうと思っていた兄貴と、こんな場所で再会するなんて思いもしなかったから。恩知らずと罵ってくれてもいいし、昔みたいに殺してやると言いながら首を絞めてもらってもいい。でも、ここは月なんだ。死人は死人らしく、大人しく墓に入ってて欲しい」

久しぶりに会った兄貴は棺に入れられていた。棺を開けて中を確認することはできなかったけれど、それでも目の前に兄貴がいるという事実だけは疑いようがなかった。

棺に彫られた兄貴の名前をそっと指でなぞりながら、僕は兄貴に語りかける。

「嘘かと思うかもしれないけど、兄貴には感謝してるんだよ。もちろん今でも大嫌いだし、心から憎しみを抱いてる。もちろん、親父とお袋が事故で死んで、その後兄貴が僕のために全てを捨てて養ってくれたことはわかってる。夢だった大学も諦めたことも、愛し合っていたリズと別れたことも、プライドを傷つけられながら埃臭くてトイレの臭いがするレストランで働き続けたのだって、全ては僕を養うため」

僕は兄貴の棺を引きずりながら月の上を歩いていく。砂浜のように白くて細かい砂の上に、僕の足跡と棺が引きずられた軌跡ができていく。宇宙は静かで、月は広かった。僕の目の前にはちょうど地球が昇っていて、星は休むことなく輝き続けていた。

墓地に着き、指定された区画の前で機械のスイッチを入れる。機械の駆動音とともに土埃が舞い始める。僕は兄貴の棺の上に腰掛けて、機械によって墓が掘られていくのをじっと見届ける。

「感情が邪魔をするんだよ、兄貴。どうして神様はこんなもんを作ったんだろうな？　兄貴のしてくれたことにただ感謝して、過去にあったことを全て水に流せば、それで済むはずなのにさ」

棺を墓に入れ、僕は兄貴の名前が彫られた十字架を立てる。深く息を吸うと土埃で喉が痛くなる。記憶の兄貴は、いつも泣いているか、怒っているか、それか頭がおかしくなっているかだった。

僕たちが二人暮らしを始めてからちょうど一年くらいが経った頃。孤独だった僕は近所で捨てられていた犬を拾ってきて、兄貴に内緒で家の後ろでこっそり飼い始めた。でも、一週間も経たないうちに、それが兄貴にバレて、僕はいまだに傷の痕が残ってるくらいに、身体中をボコボコにされた。殴られ、蹴られ、つねられ、叩かれ、俺の人生を返してくれと泣きながら言われた。僕は痛くて、悲しくて、兄貴を憎んだ。どうして自分だけがって、本気で思った。一日でも早くこの地獄から、目の前の悪魔から逃げようって、強く強く決意した。

「でもさ、不思議なもんだよな、兄貴。一緒にいる時は嫌なこととか憎しみしか感じないのに、地球と月くらい離れていると、楽しかったこととか幸せなことばっかり思い出しちゃうんだ」

兄貴が月に埋葬されてからも、僕の墓守としての日常は続いた。地球から届けられる棺をロケットから取り出す。取り出した棺に話しかけながら、墓場まで持っていく。機械のスイッチを入れる。掘られた穴に棺を埋める。その繰り返し。もちろん今までと同じように埋められている人間に話しかけたし、そこに大きな変化があるわけではなかった。それでも、ふと気がつけば僕の足は兄貴の墓へ向かって、その墓の前でただじっと立ち尽くすようになっていた。

一緒に住んでいた時、兄貴は眠れずにいる小さな僕のために、その場で考えたお話をよく語ってくれた。学も教養もなかったから教訓や含蓄もなかったし、結末はいつだって都合が良くて、矛盾だらけだった。美しくて大嫌いな地球を誰もいない月の上で見ていて思い出すのは、なぜかその時の記憶。そのたびに、もっとああしておけばよかったとか、別の道もあったんじゃなかったかとか、そんなことばかり考えてしまう。嫌いという感情だって本物なんだから、たとえ過去に戻れたとしても、きっと同じことを繰り返してしまうはずなのに。

心の中に巣くう感謝と罪悪感が、兄貴に対する感情をかき乱す。そして、そんな僕をまるでどこかで見ていたみたいに、地球にいる例の遠い親戚からメッセージが届く。

『君の兄が死ぬ前に言っていたらしい伝言を知らせる。全ては状況と確率のせい。誰も、悪くない』

僕は兄貴の名前が彫られた十字架にそっと手を置く。親父とお袋が死んだり、兄貴が色んなことを諦めることがなかったら、きっと僕たちはどこにでもいる兄弟みたいに仲良くなれたんだろう。ただ、僕たちの人生がたまたまこんなだったからというだけ。結果はどうであれ、僕たちは自分たちの人生を生きて、決断してきた。そのことは、神様にだって責める資格はないんだろう。

僕は兄貴の墓の前で座り、いつものように宙を見上げた。静寂は深く、皮膚の内側へと染み込んでいくようだ。地球は相変わらず大きくて、泣きたくなるほどに美しかった。この誰もいない月の上では、たくさん孤独な人たちが眠っている。だけど、その上では無数の星々と青い地球が真っ黒な宇宙を背景に光り輝いてくれていた。

「あのさ、兄貴。報告しておきたいことがあるんだ。この仕事を始めてからずっと使い道に困っていた貯金を使ってさ、兄貴の隣の区画に自分の墓を買ったんだ。まだ当分死ぬことはないだろうけど、昔みたいに隣で寝て、くだらない話を聞かせて欲しい。生きている間は人生が邪魔して上手(うま)くいかなかっただけ。きっと僕たち、死んでからの方がずっと仲良くなれるはずだから」

ドラゴンスケッチ

これから隣町の動物園に、ドラゴンをスケッチしに行こうよ。

夏の日の土曜日。玄関の前に立っていたクラスメイトのミヤコちゃんは、挨拶もなしに、開口一番そう言った。ミヤコちゃんは右脇にスケッチブックを挟んでいて、肩からは画材を入れた小さなバッグをかけていた。首筋にはうっすらと汗が浮かんでいて、幅広の帽子のつばから落ちた影は日差しの眩(まぶ)しさをひっくり返したくらいに暗かった。

空は青く澄み渡っていて、太陽の日差しが地面に反射して、眩しい。開けた玄関からまとわりつくような湿気を帯びた風が入り込んできて、近くに海なんてないはずなのに、どこか塩気を感じた。

この前はずっと空を飛んでて結局上手(うま)くスケッチできなかったじゃん。だから、そのリベンジかな。

この季節は地面が熱いからなかなか降りてこないらしいよ。

今日は地上に降りてくる予感がするの。

私は深く息を吸ってため息をつく。早く支度して。ミヤコちゃんはそれだけ言って、私を急かす。

一分で支度するから待ってて。

さっすがー。

ミヤコちゃんが笑う。私も笑い返して、とりあえずリビングに上がって涼んでとミヤコちゃんを招き入れる。それから私は二階にある自分の部屋へと急いだ。下のリビングからはミヤコちゃんとお母さんの話し声が聞こえてきたけど、何を話してるのかまではわからない。水筆ペン、水彩パレット、鉛筆に練り消し。必要なものをリュックに入れる。最後に本棚にぎゅうぎゅうに突っ込まれていたスケッチブックを摑んで、グイグイと縦に揺らしながらなんとか引っ張り出す。それからふと思い出し、部屋の外に出て一階にいるお母さんに向かって尋ねた。

ねえ？　レジャーシートってどこにある⁉

畳の部屋に入れっぱなしなんじゃない⁉

ありがとー！

私は畳の部屋からレジャーシートを持ってきて、ぐるぐると丸めてリュックに押し込んだ。適当に選んだ帽子をかぶって姿見の前に立ち、やっぱり違うなと思って、また別の帽子をかぶる。納得はできなかったけど、もういっかと思ってリュックを背負い、ミヤコちゃんが待ってるリビングへと降りていく。ミヤコちゃんはクーラーの効いたリビングのソファに座っていて、膝の上に乗せていたうちの猫と戯れていた。支度できたよとミヤコちゃんに言うと、ミヤコちゃんは別に腕時計なんてつけてないのに左手を見て、ただいまの記録は1分23秒ですとおちゃらけた。

一分という高い壁は越えられませんでしたが、マリコ選手、今の心境をお聞かせください。

はい、反省すべきところを反省し、きちんと次に活かしていきたいと思います。

ミヤコちゃんが笑いながらバッグとスケッチブックを手に取る。膝の上に乗っていた猫が飛び降りて、太りすぎた身体で大きく伸びをした。

行ってきまーす。

熱中症には気をつけなさいよ。

わかってるってば！

私はミヤコちゃんと一緒に外へ出る。ちょうどそのタイミングで風が吹いて、熱気と湿気が身体を包み込んだ。太陽の日差しがアスファルトに反射して眩しく、私は思わず目を細めてしまった。暑さが体にまとわりついてくる。やっぱり家にいない？

と私が言うと、何言ってるのとミヤコちゃんが背中を叩く。

私たちは他愛もない会話をしながら、できるだけ日陰を選んで歩いていった。深く息を吸い込むと、土と若い緑の匂いが肺に満ちる。大きな木の下をくぐると、木漏れ日の光が半歩前を歩くミヤコちゃんの帽子に、模様のように映し出される。私は空を見た。隣町の方向に、一匹の大きなドラゴンが空を優雅に飛んでいる姿が見えて、夏だなという実感が心の内側から湧いてくるのがわかった。

ドラゴンと言えば、私のおじさんが昔南米でドラゴンの肉を食べたことがあるらしいよ。

すごいね、どんな味なんだろう。

おじさんが言うには、エビの味に近いんだって。

へー、意外。

十分ほど歩いて、ようやく私たちは街中を走る路面電車の停留所に辿り着く。ミヤコちゃんが時刻表を見て、もうすぐ来るっぽいよと教えてくれる。ベンチに腰掛けると、さっきまで日差しが当たっていたのか、硬いシートはほんのりと熱かった。目の前の電車の線路は夏の太陽に熱せられて、目を凝らせば湯気が見えるんじゃないかと思うくらいに火照っていた。

私たちはベンチに腰掛け電車を待ったけど、なかなかやってこない。遅いねとミヤコちゃんと話していたら、近くの停留所でちょっとした事故が起きているらしいという話が聞こえてきた。なんか線路上に車が立ち往生しちゃってるんだって。ミヤコちゃんが携帯で調べて教えてくれる。ここで時間を潰すのも悪くはなかったけれど、何もしてないのも暇だねと言って、近くにあったコンビニでアイスキャンディを買って戻ってくる。

路面電車の停留所で、私たちはアイスキャンディを食べながら遅れている電車を待った。ほんのりと香る夏の風が髪を揺らす。甘いアイスキャンディを口に含むと、夏の暑さを忘れさせてくれるほどの冷たさが広がる。隣を見ると、ミヤコちゃんもアイスキャンディを口に含みながら笑いかけてきてくれて、私も思わず笑ってしまう。

そうそう、言い忘れてた。

何？

引っ越しの日、決まったよ。8月25日。

ミヤコちゃんの言葉と同時に、カンカンという路面電車の到着を告げる音が停留所に響き渡る。私は食べ終わったアイスキャンディの棒を包装紙に入れ、立ち上がる。口の中には甘さと冷たさが残っていて、夏の暑さとはアンバランスなくらいに身体は涼みきっていた。

隣町とか、隣の県とかだったら簡単に会いに行けるかもしれないけど。

さっきまでは大人しかった蟬(せみ)たちの鳴き声が、山の方から聞こえてくる。ゆっくりとやってくる路面電車の方を見つめながら、私は独り言のように呟(つぶや)く。

アメリカは遠いよー。

路面電車がゆっくりと私たちの前に停まる。空気が抜ける音とともに扉が開いて、空調の利いた車中から冷気がこぼれ出てくる。乗客は少なくて、席はまばらに埋まっていた。私たちは運転席の真後ろのシートに腰掛ける。電車の出発とともに大きく車内が揺れ、ミヤコちゃんの髪が私の右肩にかかった。

窓越しに聞こえてくる蟬の鳴き声は耳鳴りのように現実味がなくて、路面電車の中で聞こえてくるのは、低い空調の音と、停留所を知らせるアナウンス音だけ。電車がカーブに差し掛かるたびに吊(つ)り革が振り子のように触れる。私とミヤコちゃんは何も言わず、窓の外の景色を眺めていた。だけど、ただ過ぎ去っていく景色はいつもと変わり映えがしなくて、考え事をしている頭の中をただ右から左へと流れていくだけだった。

アメリカのドラゴンってどんな感じなの?

でかいよ。なんてったって、アメリカだから。

どれくらい？

スケッチブックには収まりきらないくらい。

聞きたいのはそんなことじゃないのに、どうでもいい言葉しか口から出てこない。でも、じゃあ何を聞きたいのかって考えても、答えは見つからなかった。ずっと友達でいてくれるよね、とか。夏休みとか春休みに会いにいくね、とか。そんなありきたりの言葉なんかじゃない。ミヤコちゃんはいつの間にか、何か私に言いたいことでもある？　というような目でじっと私を見つめていた。私もミヤコちゃんを見つめ返す。それから、脇に挟んだスケッチブックの端を手で触りながら、ミヤコちゃんに話しかけた。

今日は上手にスケッチできるといいね。

どうして？

だって、アメリカだとデカすぎてスケッチができないから。

ミヤコちゃんが呆（あき）れた表情を浮かべる。そんな表情を見ていたら何だか馬鹿らしくなって、思わず吹き出してしまう。そしたらミヤコちゃんも私に釣られて吹き出して、路面電車の中で、私たちは声を押し殺して笑いあった。

アメリカに行ったらさ、アメリカのドラゴンの絵を送ってあげるよ。

ミヤコちゃんは涙を拭いながらそう言ってくれた。

だから、マリコもさ、スケッチを送ってね。見せ合いっこして、どっちが上手か競争しようよ。

いいの？　ミヤコちゃん、私よりも下手っぴだけど。

アメリカに行ったらもっと練習するから、見ててよね。

それから私たちは再び笑いあう。鮮やかな夏の光が窓ガラスを通して電車の中に溢(あふ)れていて、誰かが開けた窓からは夏の湿気を帯びた風が、私たちの頬を撫(な)でながら流れていった。次は動植物園入り口前、動植物園入り口前。そのタイミングでちょうど、車内に到着を告げるアナウンスが流れる。電車を降りると、夏の日差しに目が眩(くら)んだ。それから、動物園へと向かおうとする私の肩をミヤコちゃんが叩く。

ほら、あれ！

ミヤコちゃんが指差した方向を見上げる。動物園の上空には、隣町からも見えたドラゴンが空を泳いでいた。私たちがじっとその姿を眺めていると、優雅に両翼をはためかせながら、ゆっくりと動物園の敷地内へと降りていくのが見えた。私はミヤコちゃんの方を見る。ミヤコちゃんも私の方を見て、得意げな表情で言った。

言ったでしょ。今日は地上に降りてくる予感がするって。

ミヤコちゃんに手を握られ、早く行こうと急かされる。私は笑い返しながら、リュックを背負い直し、スケッチブックをしっかりと脇に抱えた。それから私たちは動物園の入り口へと走り出す。蟬の鳴き声をかき消すように、遠くからドラゴンの鳴き声が聞こえたような気がした。

世界は今日も順調です

○人気(ひとけ)のない通りに置かれた公衆電話ボックス

滝本(たきもと)という名前の男が公衆電話ボックスの座椅子に座り、ハローページを開いている。

目をつぶった状態で、彼は開かれたページに指を差す。目を開き、指が差した場所を確認した後で、テレホンカードを挿入して電話をかける。

長い呼出音の後、電話越しに声が聞こえてくる。

田所(たどころ)「はい、もしもし」
滝本「突然、すみません。今、お時間よろしいでしょうか？」
田所「大丈夫ですけど……。どちら様でしょうか？」
滝本「僕は滝本と言いまして、今まさに田所さんに電話をかけている公衆電話ボックスに住んでる者なんです」
田所「公衆電話ボックスに住んでる？」

滝本「ええ。不動産屋さんにどれだけ狭くてもいいから安い物件を紹介してくれって頼んだら、ここを紹介されたんです。風呂もトイレもないですが、家賃は0円。公衆電話ということで、利用者がやってきたら外に出ないとダメなんですが、今の時代は皆さん携帯を持ってるので、今のところそういったことも起きてないんです。横になって眠ることができないのが唯一の不満ですけど、なかなかに住み心地の良い場所なんですよ。僕みたいにお金のない人間にとっては素晴らしい物件ですね」

田所「はあ、正直よくわからないですが、わかったということにしておきます。それで、滝本さんでしたっけ？　用件は何でしょうか？」

滝本「用件というほど大したものではないですけどね。ちょっとお伺いしたいんです」

田所「何をですか？」

滝本「今日、何か良いことってありました？」

田所「今日ですか？」

滝本「ええ」

田所「なんでそんなことを聞くんです？」

滝本「いえ、特に深い意味はないんですよ。狭い狭い公衆電話ボックスに一人で住んでるとですね、妙に人恋しくなるんです。今みたいな寒い季節は特に。だから、時々こうしてハローページに載ってる番号からランダムに電話をかけて、お話を聞いているんです。あ、迷惑でしたら今すぐにでも切ってもらって大丈夫ですからね」

田所「いえ、別に私も暇だったので、それは良いんですが……。今日あった良いことですか……」

滝本「小さなことでもいいんですよ。星座占いで一位だったとか、なくしたと思っていた靴下の片方が見つかったとか」

田所「……ないですね。良いことなんて何も。今日はというより、ここ何年もずっと」

滝本「なるほど」

田所「何て言うのかな、辛(つら)いことも起きてないんですが、幸せなことも起きてないんですよね。会社を数年前に辞めてから、何も変わらない毎日がただただ繰り返されているという感じです。毎朝決まった時間に起きて、決まった朝ごはんを食べて、昼前に近所の図書館に行って朝刊を何回も何回も読んで、時間を潰す。

それだけです。誰かと話すということもあまりなくて、電話がかかってくるのだって、数年ぶりだったんです」

滝本「失礼ですけど、ご家族は？」

田所「何十年も前には妻と子供が一人いたんですが、私に愛想をつかした妻が子供を連れて出て行って以降、会ってないです。私が家庭を顧みなかったのが原因なので、自業自得ではあるんですけどね。子供は男の子で……今年で二十八歳になるのかな」

滝本「お子さんはその時何歳だったんです？」

田所「小学二年生でした。きっともう私のことなんて忘れてると思います。父親らしいこともしてあげられませんでしたし、私との思い出なんて何一つないんですから」

滝本「自分が思い出せないだけで、一つくらいはあると思いますよ。ないというのは自分が勝手にそう思い込んでいるだけなのかもしれません」

田所「そうですね……。ああ、でも確かに一個だけ思い出しました。いや、これを思い出と言って良いのかな。妻が同窓会で家を空けた時に、子供と一緒に近所のファミレスにご飯を食べに行ったことがあるんです。普段から会話らしい会話なんてしてないので、お互いに妙に緊張してて、好きなもの食べて良いぞと言っても、子供は遠慮しちゃってね。実の親子だっていうのに笑っちゃいますよね？」

滝本「血が繋がっていようがいまいが、それぞれが別の人格を持った人間ですからね。仕方ないですよ。結局、お子さんは好きでもない食べ物を注文して終わったということですか？」

田所「いえ、子供の大好物は知ってたんで、それを頼んだんです。でもですね、そしたら、子供がちょっとだけ不思議そうな顔をしたんです。言葉にはしなかったですけど、なんでわかったのって言ってるみたいな表情だったんです。そして……」

滝本「そして？」

田所「そして……ちょっとだけ嬉しそうな表情を浮かべたんです。ずっと強張っていた顔がほぐれて……。それを見て、私はすごく心が満たされていく感じがして……。ああ、なんでそんな思い出を忘れてたんだろう。子供が私に見せてくれたあの嬉しそうな表情を」

滝本「ちなみにお子さんの大好物って何なんですか？」

田所「イカスミのパスタです。子供なのに、ちょっと変わってますよね。多分、妻の独り言とかで、偶然耳にして、それをずっと覚えていたんだと思います。子供と直接話すことはなくても、やっぱり心のどこかでは子供のことを想(おも)っていますから」
滝本「素敵な思い出じゃないですか。よかったですね、思い出すことができて」
田所「滝本さんでしたっけ？　ご家族とか恋人は？」
滝本「家族とは年に数回顔を合わせる程度ですね。恋人は……数年前に別れたんです。まあ、僕が悪いんですけどね」
田所「私が言うのも何なんですが、家族とか恋人は大事にした方がいいんでしょうね。そんなの当たり前で、そうしなければならないというのは知っていたんですが、なかなか上手(うま)くいかない」
滝本「……そうですね。失ってから気付くものはたくさんありますから。もし、お子さんに会えるとしたら、会いたいですか？」
田所「誰だよって思われるかもしれませんが、会えるなら会ってみたいですね。でも、妻の行方すら知りませんから、もう一生会うことはないんでしょうね」
滝本「……」

田所「すみません、湿っぽくなってしまって」
滝本「いいえ、お話を聞けて良かったです」
田所「そうそう、さっき滝本さんがされた質問ですが、今日まさに良いことがありましたよ」
滝本「はい？」
田所「あなたとこうしてお話できて、ささやかですけど、自分の素敵な思い出を一つだけ思い出すことができました」
滝本「それは良かった」
田所「ありがとうございます。またこうしてお話しできたらいいですね」
滝本「ええ。本当に」
田所「さようなら」
滝本「さようなら」
滝本が受話器を置く。受話器を置いたタイミングで、公衆電話から着電の音が聞こえてくる。
滝本は肩をすくめ、公衆電話の受話器を取る。

謎の女「こんばんは」

滝本「はいはい、こんばんは」

謎の女「聞きたいことがあるんだけど、ちょっといいかしら」

滝本「ええ」

謎の女「世界は今日も順調だった？」

滝本「毎日毎日同じ質問をしてきてますけど、これに一体何の意味があるんですか？」

謎の女「意味はあるでしょ？　少なくとも、昨日と今日は全くの別物なんだから、昨日は順調でも、今日は順調じゃなくなってるかもしれない。その逆もまた然り。で、もう一度聞くけど、今日も世界は順調だった？」

滝本「そんなの僕にわかるわけないじゃないですか。アメリカの大統領にでも聞いてくださいよ」

謎の女「アメリカの大統領が、公衆電話にかかってきた電話を取ってくれるはずないじゃないの。まあでもいいわ、少なくとも、世界が今日も順調だったかはわからないということが知れたから」

滝本「それと前から思っていたんですけど、どうやってこの公衆電話に電話をかけ
　　てきているんですか？」
謎の女「それは秘密。それじゃあね、バイバイ」
電話の切れる音。滝本は不服そうな表情を浮かべたまま受話器を元に戻す。
それから再びハローページを開き、次に電話をかける相手を探し始める。

＊＊＊＊

○人気のない通りに置かれた公衆電話ボックス
公衆電話ボックスの中で椅子に座る滝本。ハローワークを膝の上に置いた状態で、誰
かと電話をしている。
満島（みつしま）「今度ですね、新しい星が生まれるんです」
滝本「星ですか？」

満島「ええ、天文台で働いているんですけどね、星の誕生についてずっと研究を続けていたんです。そして、つい先週、星が誕生する兆候を見つけたんですよ。地球より遥かに遠い場所ですし、何万光年も離れた場所ですので、正確にはもうすでに誕生してしまっているんですけど。それでも、新しい星が誕生する瞬間を観測できるのはとても貴重なことですし、それに、発見者である私がその星に名前をつけることができるんです。そして、その名前を本日国際天文学連合に提出してきたんです。今日あった良いことは、それですね」
滝本「それは素敵ですね。ちなみになんて名前をつけたんですか？」
満島「すみません。それについてはまだ公表しちゃダメなんです」
滝本「それは失礼しました。それじゃあ、近いうちに発表されるのを心待ちにしておきます。でも、星に名前をつけるなんて大変じゃないですか？」
満島「ええ、大変でした。少なくともここ数日はそのことで頭がいっぱいでしたよ。学会誌で公表されるものですし、私が考えた名前がこれからずっと使われていくわけですからね。でも、一生に一度あるかないかの機会なので、無難な名前にしてしまうのも嫌ですし。同僚なんかは自分の名前をつけたらいいじゃないかと言ってくれたんですが、それもそれで生意気だなと思われそうで……」

滝本「確かに名前をつけるっていうのは大変ですからね。スケールが全然違いますが、
　僕も子供の頃に祭りでもらった金魚に適当な名前をつけて後悔したことがあり
　ます。さっさと死んじゃうと思ってたんですけどね、これが十年以上生き続け
　ているんです。でも、今更名前を変えるわけにもいかず、ずっと変な名前で呼
　ばれ続けてて可哀想だったんですよ」
満島「あははは。私もそうはなりたくないと考えていたんですよ」
滝本「結局どうやって名前を決めたんですか?」
満島「ええ、具体的な名前を教えることはできないんですけど……昔の親友の名前を
　お借りすることにしたんです。小学校、中学校の時の幼馴染で、僕が今こうし
　て天文学の道へ進むきっかけを作ってくれた親友なんです」
滝本「なるほど。親友さんもお喜びになったでしょうね」
満島「いえ、彼はもう亡くなっているんです。高校の時に、交通事故で」
滝本「そうですか……」
満島「私ですね、小学校の時に両親が離婚しているんです。両親の仲が悪いのは知っ
　ていたんですが、それでも離婚は子供ながらにすごいショックでした。で、何
　だか全てが嫌になってしまって、学校もサボりがちになった時期があるんです。

周りの友人も、先生も私の家庭事情をそれとなく知っていて、変に気をつかわれるのも嫌だったんですよね。そんな時に、まるで何事もないかのように色んなところへ遊びに連れていってくれたのが彼なんです。近所の公園に行ったり、サッカーをしたりとか、それから……生まれて初めて天体観測に行ったのも、彼が誘ってくれたからでした」

滝本「……」

満島「マンションの管理人さんにアパートの屋上に入れてもらってですね、寒い寒いって笑いながら二人で双子座流星群を見たんです。空気がきんと冷えていて、晴れた日の海みたいに、白くて綺麗(きれい)な星があっちこっちに瞬いていて、じーっと目を凝らしていると、一瞬だけ夜空に白い線が走るんです。流れ星が流れるたびに親友と見えたってはしゃいで、ふざけあって、だけど、次第に言葉が少なくなって、お互いに黙り込んでただじっと夜空を見続けたんです。今まで見たことないくらいに星が綺麗で、両親が離婚する前のこととかをブワッと思い出してしまって、やばいって思った時にはもう、泣いてたんです。親友は気付いていていなかったのか、それとも気付いてたけど、何も言わないでいてくれたのか、それはわかりませんが、何も言わずに一緒に星を見てくれていました。それが私の生まれて初めての天体観測で、私が天文学者を目指すようになった原点なんです」
滝本「じゃあ、これからはその親友さんの名前がついた星が空で輝き続けるということなんですね」
満島「ええ、昔のあいつみたいに、明るい星が生まれると思います」
滝本「楽しみですね」
満島「おっと、もうこんな時間なんですね。明日の朝も早いので、切り上げさせてもらって大丈夫ですか？」
滝本「どうぞどうぞ。お気遣いなく。こっちが勝手に電話をかけているんですから、遠慮なく切ってください」
満島「お話できて楽しかったです。それでは」
滝本「あ！ すみません、最後にもう一つだけ質問させてもらえませんか？」
満島「ええ、大丈夫ですけど」
滝本「満島さんはイカスミのパスタは好きですか？」
満島「イカスミのパスタですか？ いえ、好きも何も一度も食べたことがないですね……。でも、どうして？」

滝本「いえいえ、深い意味はないです。ただ、小学校の時に親が離婚した男性には必ずこの質問をするようにしているんです。お付き合いいただきありがとうございました」

満島「いえいえ、それではさようなら」

滝本「さようなら」

滝本が受話器を置く。受話器を置いた後で、大きく伸びをし、両腕をゆっくりとさする。

しばらくすると、公衆電話から着電の音が聞こえてくる。滝本は凝った肩を回した後、公衆電話の受話器を取る。

謎の女「世界は今日も順調だった？」

滝本「開口一番に聞いてくるのは新しいパターンですね」

謎の女「私も私なりに、飽きさせないような工夫をしているのよ。それで、どうだった？」

滝本「そんなこと聞かれても僕にはわからないです」

謎の女「いっつも同じ返しね。少しは私を楽しませようという気持ちはないわけ？」
滝本「そもそも、それほどみんな順調な毎日を送ってるとは思えませんよ。奇跡なんてものはなかなか起きないから奇跡なんだし、映画じゃないんだから、そんなに都合のいい展開だって起きることもない」
謎の女「私はそうは思わないわ」
滝本「と言うと？」
謎の女「こういう風にも考えられるんじゃない？　本当は私たちの人生は上手くいくようになっていて、上手くいってない時の方が間違ってるんだって。だから、いわゆる人生の奇跡とか、都合のいい展開なんてものは特別なものじゃないの。それは起こるべくして起こるもので、ただ神様がサボってて、今まで先延ばしになっていただけ。そうね、言い換えるなら、『ずっと横になっていた運命がようやく重い腰をあげた』って感じ」
滝本「『ずっと横になっていた運命がようやく重い腰をあげた』ですか。ポジティブな考え方ではあるけど、同意はできないですね。奇跡なんて滅多にお目にかかれないし、都合のいい展開だってそうそう起きるもんではない」
謎の女「考え方は人それぞれだからね」

滝本「確かに」
謎の女「それに、人生はそれほど上手くいかないって言うのは、あなたの舞台俳優人生がそうだからそう言ってるだけに聞こえるわ」
滝本「……寒くなってきたし、そろそろ電話を切ってもいいですか?」
謎の女「どうぞどうぞ。私が勝手に電話をかけているだけだから、あなたが好きなタイミングで切ってもらって大丈夫よ」
滝本「じゃあ、お言葉に甘えて」
謎の女「ちなみに、先月のあなたの舞台、良かったわよ」
滝本「一体なんで僕のことをそんなに知ってるんです? そこまで知られてると逆に怖いんですけど。もしもし? もしもーし?」
滝本はため息をつき、受話器を元に戻す。
それからハローページを開くが、すぐに閉じて電話機の下の台にしまう。
寒そうに両腕を組み、電話ボックスのガラスにもたれかかるように背中を丸め、目を閉じる。

＊＊＊＊

○人気のない通りに置かれた公衆電話ボックス

受話器を持ったまま、何かを考え込む滝本。
机の上には閉じられた状態のハローワークが置かれている。
それからじっと考え込んだ後で、番号を押して電話をかけ始める。

升野（ますの）「もしもし、どなたでしょうか？」
滝本「久しぶりです。僕ですよ、僕」
升野「……私の知り合いには『僕』っていう名前の人はいないんだけど。今更なんか用？」
滝本「そこまで邪険に扱わなくてもいいじゃないですか。ただ声を聞きたくなったんですよ。今日は特に冷え込んでますからね」
升野「舞台のチケットを売りつけようと思っても無駄だからね」

滝本「そんなんじゃないですって。ただですね、最近何か良いことあったかなって聞きたくて」
升野「別れた彼女によくもまあそんな呑気な質問できるよね？」
滝本「まあまあ、そんなこと言わずに」
升野「良いことと言えば、最近新しい彼氏ができたことくらいかな」
滝本「……」
升野「まあ、これは嘘だけどね。自分から振っておいて、未練があるなんて意味不明だわ。そっちはどうなの？　お芝居の方は順調？」
滝本「お金が全然なくて、公衆電話ボックスの中で暮らしてるくらいには順調ですよ。少なくとも、君と別れた時からは変わってないです。でも、もうそろそろこんな生活も終わりですかね」
升野「どういうこと？」
滝本「そろそろ就職しようかなと思ってるんです。いろんな舞台の経験はあるから、これからは裏方として頑張るっていうのもありなのかもしれないと思って」
升野「またあのちょび髭演出家から何か言われたの？」
滝本「ちょび髭って……岡本さんのことですよね。別にあの人は関係ないですよ」

升野「そうかしら。私たちが別れるきっかけになったのも、あなたが演出家の岡本さんからすっごくキツく指導されて、どうしようもなく荒れちゃったからじゃない。他の人にはそこまででもないのに、あなたにだけまるで親の仇みたいに厳しくてさ、自分にはやっぱり才能がないんだってすっごく落ち込んでいたの、忘れたの？」

滝本「それは事実ですけど……。関係ないです」

升野「じゃあ、岡本さんと仲直りした？」

滝本「正直あの人は、何を考えているかわかんなくて怖いんです。演出家としてはすごく尊敬しているんですけどね」

升野「まあ、いいや。もうあなたとの関係が終わったから私からやいのやいの言う権利はないけどさ、そんな簡単に諦められるわけ？」

滝本「十年以上悩み続けたんだから、簡単に諦めたと言われるのは心外ですよ」

升野「……それは、ごめん。あなたなりに色々と悩んでたもんね。でも、辞めようと思ったきっかけは何？」

滝本「夢を諦められない理由の中に、いつの間にか今までの苦労を無駄にしたくないという想いがあることに気がついたんです。そうなったらもう夢でも目標でもなく、単なる執着です。ギャンブルで損した金をまたギャンブルで取り返そうとする人たちの気持ちが今ならすごくわかりますよ。今までの苦労がもったいないという考え方じゃ、今までみたいに周りに迷惑をかけてまで夢を追い続ける自信が僕にはないです」

升野「前も話したことがあるかもしれないけど、私はあなたが演劇の夢を追いかけ続けていることを迷惑に思ったことはないからね。なんなら私が稼いであなたを養うことだってできたわけだし。ただ、あなたが勝手に私に迷惑をかけているって思い込んで、自分の首を絞めてたわけだけどね」

滝本「弁解の余地もございません」

升野「私は評論家でもないし、あなたと出会うまでは演劇なんて観(み)に行ったこともなかったけど、それでも私はあなたの演技はすごいって胸を張って言える。元彼だっていう贔屓目(ひいきめ)はあるとしても、あなたならきっと売れるって気がしてるの」

滝本「映画やドラマじゃあるまいし、そんなに都合のいい展開は起きませんよ」

升野「いつ引退する予定なの？」

滝本「今度知り合いが経営している会社の面接に行くんです。それで良い返事が来た

　ら、それでもう引退という感じですね。少ない荷物をまとめて、この狭い公衆電話ボックスともお別れです」
升野「考え直すつもりはない？　あなたの人生がハッピーエンドものの映画だとしたら、幸せな展開は最後の方にやってくるものよ」
滝本「そんな上手いことはいきませんよ。実際の人生じゃ、舞台俳優で生計を立てるのはなかなか上手くいかないし、ずっと昔に生き別れた息子と再会できるわけでもない」
升野「生き別れた息子？」
滝本「それは例えですから気にしないでください。じゃあ、そろそろ切りますね。久しぶりに話ができて嬉しかったです」
升野「就職したらまた連絡してね。就職祝いくらいはしてあげるから」
滝本「あ、そうそう、思い出した。君が僕の家から出て行く時に、勝手に引き取った金魚は元気ですか？」
升野「勝手にって人聞きが悪いわね。世話してるうちに情が湧いて、無理言って引き取らせてもらったのは事実だけどさ。『ダンディ坂野』は元気よ。小学生のあなたから適当な名前をつけられてから、こうやって十年以上生き続けるなんて本人もびっくりしてるでしょうね。でも、どうして急に?」
滝本「いえ、この前人と話していて、偶然その話になって、思い出したんです」
升野「そうなんだ」
滝本「今度、新しい星が生まれるそうです。その人から教えてもらいました」
升野「私たちが知らないだけで、毎日そういうことが起きてるのかもしれないね」
滝本「ええ、本当に。それじゃあ、さようなら」
升野「うん。さようなら。今日の夜はすごい冷え込むらしいから、身体には気をつけてね」

電話の切れる音。滝本が受話器を置く。両手を擦り合わせ、息を吐く。
それからハローページを再び開き、次に電話をかける相手を探し始める。

＊＊＊＊＊

○人気のない通りに置かれた公衆電話ボックス

滝本は電話をかけていて、足元には大きめのカバンが数個置かれている。

公衆電話ボックスの引き出しは全て開けられていて、中に入っていたはずの滝本の私物は全てなくなっている。

滝本「井口（いぐち）さんはイカスミのパスタは好きですか？」

井口「イカスミのパスタですか？　いえ、正直あまり好きではないですね……。でも、どうして？」

滝本「いえいえ、深い意味はないです。ただ、小学校の時に親が離婚した男性には必ずこの質問をするようにしているだけなんです。それじゃ、さようなら」

井口「さようなら」

滝本が電話を切る。開いていたハローページを閉じ、それを電話機の下の台にしまう。

それから忘れ物がないかをゆっくり確認した後で、足元に置かれたカバンを持ち上げる。

そのタイミングで公衆電話が鳴り始める。

滝本は少しだけためらった後で、ゆっくり電話を取る。

謎の女「ほとんど毎日お話ししていた仲なんだから、一言くらいお別れの挨拶をしても良くない？」
滝本「そう言われても、こっちからあなたに電話をかけることはできないですし……。それに引っ越しのことはずっと前からお話ししてたじゃないですか」
謎の女「まあまあ、それでも最後なんだから、聞きたいことがあったらなんでも聞いて良いのよ？」
滝本「そうですね……。じゃあ、この際だから聞きますけど、あなたは一体何者なんですか？　私がこの公衆電話ボックスに住み始めてから、ほとんど毎日電話をかけてきてますよね。それに、どうやって公衆電話に電話をかけてきてるんだろうって不思議でしょうがないですよ」
謎の女「引っ越しの前に聞かれたら魔法を使ってるって説明したところだけど、まあ、最後だから教えてあげる。別に魔法でもなんでもなくて、私はただ公衆電話を管理してる会社の人間ってだけなの。あんまり知られてないけど、公衆電話にもそれぞれ電話番号が振ってあって、私はそれに電話をかけてるだけなの。私はそこそこお偉い立場だから、こういうこともできるんだよね。どう？　逆に幻滅しちゃった？」

滝本「いえ、説明されたら何だか妙に納得しちゃいました。その程度の秘密なら初めから言ってくれても良かったんじゃないですか？」

謎の女「そんなんじゃつまらないでしょ？」

滝本「公衆電話に電話がかかってくるのは良いとして、どうして僕のことを知ってるんですか？　舞台俳優をやってることとか、どの舞台に出てるのかも知ってたじゃないですか」

謎の女「それも単純なこと。ただ、私が数少ないあなたのファンだってだけ。公衆電話ボックスを賃貸として貸し出しているのもうちの会社で、どの公衆電話ボックスに誰が住んでいるのかも知っている。そこで偶然目に留まったのが、本名で活動しているあなたの名前。で、愛の重い一ファンである私が、職権を濫用して、あなたに電話をかけていたってわけ」

滝本「何というか」

謎の女「何というか？」

滝本「種明かしをされたら、逆に現実ってこんなもんなんだなって思っちゃいましたよ。逆に、全然売れてない舞台俳優なのに、どうして僕のファンになっているのかがミステリーです」
謎の女「ああ、それはね、きっかけがあるの」
滝本「きっかけ？」
謎の女「ちなみに電話でしか話していないけど、私の姿って一体どんな感じでイメージしてる？」
滝本「イメージって言われても……。人柄ならまだしも、私と同年代か少し上の女性というくらいしか想像できませんよ」
謎の女「期待させておいて残念だけど、私って実は女性じゃないの。いや、正確には戸籍上は女性ではないって言った方が正しいかな。見た目も声も手術ですっかり女性になってるから。高校生までは、本当にそこらへんにいる男の子だったんだけどね」
滝本「……ちょっとびっくりしちゃいましたけど、それがどう関係してるんですか？」
謎の女「暇な夜なんかはね、私みたいな立場の人が接客をやってるバーに行ったりしてるの。で、その行きつけのバーなんだけどね、そういうお店だから、面白半分で色んな人が来店するの。芸能人とか、舞台関係の人とかね。偶然隣に座って、色々と話をすると、あの有名な舞台の演出家だったりするわけ。あなたのことも、そのバーで聞いた」

滝本「僕の話をですか？」

謎の女「ええ。名前は……何だったっけ。小太りで、ちょび髭がチャームポイントだったのは覚えてる。ああ、そうそう、岡本っていう演出家の人。その人と偶然隣になってね、色々とお話をしたの。で、お酒が回った時に、彼が愚痴を言ってたの。才能があるのに、自分でその才能を信じられずに縮こまってる奴がいるって。稽古を見ていても、才能がある分、どうしようもなくもどかしい気持ちになるんだって。自分がもっと器用に導いてやれたらいいんだけど、そういう器用さは持っていなくて、だけど、なんとかしたいって気持ちだけが先走って、どうしても強くあたっちゃうんだってさ。それからその人は、滝本のばかやろーって大声で叫んで、ママからめちゃくちゃ注意されてた」

滝本「……」

謎の女「その人の話を聞いて、あなたに興味を持ったってわけ。そこまで言うんだったら観てやろうじゃんかってさ。で、あなたが出ている舞台を観に行って、あなたの演技に感動して、今に至るってわけ。あ、ただ売れないから不憫に思って、ファンでいるわけではないからね。その程度だったら、とっくの昔に飽きて、今頃別の人を応援してるから。だから、あなたが夢を諦めてしまうことはすごく嫌だし、自分ができることであればなんとかしてあげたいっていう気持ちにもなる。引き出し裏に、封筒があるはずだけど、それを探してくれる？　この前、あなたがいないうちに、こっそり入れておいたの」

滝本が不思議そうに眉をひそめ、引き出しへと手を突っ込む。

引き出しから封筒を取り出し、そこの裏表に描かれた文字を確認する。

謎の女「私の知り合いにね、業界ではかなり有名な演出家がいるの。その人にあなたのことを話したら、興味を持ってくれたの。今度やる舞台のオーディションに来て欲しいって言ってたわ。で、それは私がその人から直々に受け取ったオーディションの招待状」

滝本「今更こんなものをもらっても……困ります」

謎の女「もちろんこれはファンである私のエゴだし、強制することはできない。でも、少なくとも、あなたに舞台俳優を続けて欲しいという人がいるということだけは知っておいて欲しい。もし舞台俳優をやめることになったとしても、その事実だけは忘れないで」

滝本「オーディションを受けたからって上手くいくと決まったわけでもないですよ……。人生と映画は違いますし、都合のいい展開なんて滅多に起こらない。実際の人生じゃ、舞台俳優で生計を立てるのはなかなか上手くいかないし、ずっと昔に生き別れた息子と再会できるわけでもない」

謎の女「生き別れた息子?」

滝本「それは例えですから気にしないでください。言いたいのはそんな上手くいくもんじゃないということです」

謎の女「もちろん。私のコネがあったとしても、オーディションでは落とされるかもしれないし、もし首尾良くオーディションに合格したとしても、それで薔薇色の人生が始まるというわけではない。こういう小さな希望に裏切られ続けて、何もないままずるずると月日が経っていくという可能性もあるかもしれない。だから、決めるのはあなた。でも少なくとも、自分を納得させるためだけに嘘をつくのはやめて欲しいの」

滝本「……」
謎の女「それとね、初めてあなたの舞台を観に行った時。すごく感動したの。あの演劇を観た時、ああ、この演劇はきっと私のために作られたんだなって本気で思った。脚本と演出と、そして、それを演じていたあなたに、すごく心を揺さぶられた。そういう出会いってなかなかできるものじゃないの。あなたも、演劇の世界にいるなら、私が言ってることってわかってくれるでしょ？」
滝本「……上手くいかないものですね」
謎の女「何が？」
滝本「せっかく自分で自分を納得させて、諦めようとしていたところに、こんなことを言われるなんて。運命の神様なんてものは信じませんが、もしいたとすれば、相当なサディストなんでしょうね」
謎の女「弱腰なあなたのケツを叩いてくれる、お節介おばさんなだけかもしれないわよ」
滝本「ええ、行きますよ。行ってやります。やっぱり人生は上手くいかないということを証明するだけだったとしてもね」
謎の女「あなたの舞台。楽しみにしてる。もしその舞台に出られることになったら、滝本「お母さんも連れて行くからね」

　「お母さんだけじゃなく、お父さんもご兄弟も呼んでくださいよ」

謎の女「お気持ちは嬉しいけど、父親はいないの。私が小学生の時に離婚して、それっきりだから」

滝本「父親とずっと会っていないんですか？」

謎の女「ええ、小学二年の時に両親が離婚して、それ以来会ってないわ。元々家庭を顧みる人ではなかったから、離婚が決まった時もそれほどショックではなかったし、今ではもう顔も思い出せない。でも、不思議と嫌なイメージはないの。唯一覚えてる思い出が、ちょっとだけ素敵な思い出だから」

滝本「素敵な思い出ですか？」

謎の女「そう。笑っちゃうくらいにちっぽけな思い出だけどね。小学二年生の時、何かの用事でお母さんが夜に出かけて、お父さんが近所のファミレスに連れて行ってくれたの。でも、普段から全然コミュニケーションをとってないからさ、ほんと知らない人といきなり食事をしてるみたいな感じですごーく気まずかったわけ。何話していいかなんてわからないし、何食べたいって言われてもさ、遠慮しちゃって何でもいいって言っちゃったのを覚えてる」

滝本「……」
謎の女「でもね、私は何でもいいって言ったけど、本当は食べたい料理があったの。でも、それをお願いするのは何だか気まずかったから黙ってたんだけど、お父さんはね、まさに私が食べたかったものを注文してくれた。今考えたら不思議なことじゃないんだけど、子供の頃の私にはそれがすっごい衝撃的だったの。なんで私の食べたいものがわかるんだろうってさ。今考えたら……仕事仕事って人だったけど、心のどこかでは子供のことを気にかけてたんだなって思う。顔も思い出せないし、もう会うことはないと思うけど、それでも人生のどこかのタイミングで、誰かから強く想われていたってことが、しんどい時とか辛い時に支えになってくれるから」
滝本「……一つだけ。一つだけ聞いて良いですか？」
謎の女「何？」
滝本「イカスミのパスタはお好きですか？」
謎の女「なんで、小学校の時からの大好物をあなたが知ってるわけ？　超能力？」
滝本「……」
謎の女「ちょっと黙ってないで何か言ってよ」

滝本「こういう時に何て言えば良いのかを思い出していたんです」
謎の女「どういうこと？」
滝本「思い出しました。こういう時のことを、『運命がようやく重い腰をあげた』
　って言うんでしたっけ」
謎の女「何それ」
滝本「いえ、何でもないです。用事を思い出したんで、電話を切って良いですか？」
謎の女「ちょっと待って。一番大事なことを聞き忘れてた」
滝本「何です？」
謎の女「世界は今日も順調だった？」
滝本「前から不思議だったことのもう一つを思い出しましたよ。一体、その質問は
　何ですか？」
謎の女「これはね、私が初めてあなたの舞台を観に行った時に、あなたが言っていた
　セリフ。あなたにとってはたくさんあるセリフの一つに過ぎなかったかもし
　れないけど、私にとってはすごく印象的なセリフだったの。というか、自分
　が言ったセリフくらいは覚えておきなさいよ。で、どうだった？　世界は今
　日も順調だった？」

滝本「わからないです。だけど……」
謎の女「だけど？」
滝本「順調になると良いですね」
謎の女「そうね。じゃ、さようなら」
滝本「さようなら。また、いつか」
謎の女「ええ、またいつか」

電話の切れる音。滝本がゆっくりと受話器を置く。

滝本は封筒を握りしめ、それを胸に当てる。滝本はじっと目を瞑（つぶ）り、静かに項垂（うなだ）れた後で、ハローページを開き、電話番号を探し始める。

目的の電話番号を見つけ、滝本が電話をかけ始めたところで、舞台が暗転する。

お父さんお母さん観察日記

7がつ25にち　火ようび。

夏休みの自由けんきゅうは、みんなアサガオのかんさつをしてるけど、みんなとおなじじゃつまらないとおもった。かわりにぼくは夏休み、おとうさんとおかあさんのかんさつをすることにする。

今日のおかあさんはいつもと同じように、いそがしいいそがしいと言いながらそうじとかりょうりをしていて、あとはテレビを見ていた。

おとうさんは夜にかえってきて、やきゅうのニュースをみながら、ビールをのんだ。

おわり。


7がつ30にち　日ようび。

今日はいちにちお父さんがお休みで、こうえんで遊んだ。ぼくとお母さんのチームとお父さんでバドミントンをした。たのしかった。それいがいはいつものとおりだった。

あと、なつやすみがおわるまえに花火をしたいといったらいいいって言ってくれた。

8がつ1にち　火ようび。

おとうさんはしごとでずっといなかった。

おかあさんはまいにち同じことしかしてないから、かんさつしがいがない。


8がつ3にち　木ようび。

今日のおかあさんはいつもとはちがうことをした。おかあさんはお父さんをげんかんで見おくったあと、すぐにおけしょうをはじめた。それからおでかけをするから家で夏休みのしゅくだいをしててねと言ったけど、おかあさんをかんさつするのがぼくの夏休みの宿題だから、ぼくはこっそりおかあさんのあとをついていった。おかあさんはすごくあるいてとおくのえきにいったけど、そこには、となりのクラスの中村（なかむら）先生がいた。中村先生がおかあさんに手をふると、おかあさんも中村先生に手をふって、走った。

おかあさんと中村先生は手をつないでしょうてんがいに行ってしまった。ぼくはお母さんと中村先生がなかがいいということを知らなかったので、とてもびっくりした。

8がつ5にち　土ようび。
きょじんが負けたからおとうさんはくやしがってた。
はなびはいつするのと聞いたら、なんだっけっていわれた。これだから大人はしんようできない。

8がつ6にち　日ようび。
たつやのいえでスマブラをした。

8がつ9にち　水ようび。
ぼくがいないとき、家でおかあさんがどんなふうなのかをかんさつすることにした。ぼくはたつやの家にあそびにいくとうそを言って、にわにかくれておかあさんを外からかんさつした。ぼくがいないときのおかあさんはへやでおけしょうをして、家の中をずっとうろうろしていた。そしたら、いえに中村先生が来た。先生がいえにくるのは、かていほうもんの日だけだとおもっていたので、ぼくはびっくりした。にわからこっそりへやの中をみていると、お母さんと中村先生はすごくえがおで、それからふたりでぎゅーっとしてた。それからおかあさんがいえのカーテンをしめてしまったので、おかあさんをかんさつできなくなった。

8がつ13にち　日ようび。

きょうはおやすみだったけどおとうさんは家にいなかった。おかあさんはそわそわしてた。

それから昼すぎにでかけてくるといって出ていった。

8がつ20にち　日ようび。

ぼくがたつやの家からかえってくると、おとうさんとおかあさんが大声でけんかをしていた。おとうさんはつくえのうえにひろげたおかあさんと中村先生がうつったしゃしんをゆびさして、これはどういうことだと言って、お母さんはお母さんで、あなただってふりんしてるじゃないっていいかえしていた。

おとうさんはおこって、ふりんなんてしてないとどなって、イスをけとばした。おかあさんはうそつきって言って、おとうさんはふりんおんなっていった。

おかあさんが中村先生となかよくしていたのはしってたけど、なかよくしてるだけでそんなにけんかになるなんて、おとうさんとおかあさんはいがいとこどもっぽいのかもしれない。

8がつ21にち　月ようび

おかあさんは一日中泣いていた。おひるごはんのときおかあさんは、お父さんがわかいおんなとふりんしてて、おかあさんとりこんしたがってるのと泣きながら何度もいっていた。

わかいおんなってだれとぼくはきいたけど、それはわからないっておかあさんはいった。それからまたわんわん泣いて、おとうさんのわるぐちをずっといっていた。

8がつ22にち　火ようび

きのうはおかあさんが一日中泣いていたけど、きょうはげんきだった。おとうさんとおかあさんもふつうにかいわしていて、なかなおりしたみたいでよかった。

8がつ26にち　土ようび

おとうさんとおかあさんが花火をしようって言ってくれた。

ゆうがたにおとうさんとおかあさんとスーパーに行って、はなびを買った。

まっくらになったあとにきんじょのこうえんに、ばけつとはなびをもっていって、そこでいっしょにはなびをした。はなびはきれいだった。おとうさんとおかあさんもわらってたからよかった。
さいごのせんこうはなびをやったあと、おかあさんがぼくにたのしかった？　ときいてきたから、たのしかったとぼくはいった。

8がつ27にち　日ようび
あさおきたら、おかあさんがいなくて、かわりにおとうさんがあさごはんをつくってくれた。おとうさんがつくったごはんは、おかあさんがつくるあさごはんよりも、あじがこくておいしかった。

8がつ28にち　月ようび
今日もおかあさんはいなかった。

8がつ31にち　木ようび
いえにかえるとやっぱりお母さんはいなくて、代わりにこのじかんはいつもはかいしゃに行ってるお父さんがいえにいた。おかあさんは若い男とでていったとおとうさんはつかれたかおで言った。

それと、おかあさんはでていったけど、9月になったらあたらしいおかあさんがきてくれるはずだからしんぱいするなともいった。おかあさんがでていったとか、あたらしいおかあさんができるとかいうのはよくわからなかった。だけど、なつやすみはきょうまでなので、あたらしいおかあさんのことはこのかんさつにっきにも書くひつようはないので、よかった。

提出日：9月1日　金曜日

評価：大変よくできました。

担任の先生からのコメント：

　お母さんの観察日記を書くというのは、克彦くんらしいとてもおもしろい発想だね。

　夏休みの最後に克彦くんのお母さんが出ていってしまったこと、そしてお母さんのお相手がとなりのクラスの中村先生だって知ってとてもおどろきました（真面目な中村先生がとつ然理由を言わずに、学校を辞めてしまってみんな何事？　とさわいでいたんだけど、こういう理由があったんですね）。

でも、克彦くんのだいすきなお母さんがいなくなってしまったことはとても悲しいことだと先生は思います。克彦くんのことが先生はとても心配です。

今はまだ実感がわかないかもしれないけど、いつかこの事実が克彦くんに重くのしかかって深く悲しんでしまう時が来ると思います。

そんな時は自分一人でかかえこまずに先生に相談してね。

遠りょなんかいらないからね。出て行ったお母さんと同じように先生にあまえて欲しいな。

だって、9月からは先生が克彦くんの新しいお母さんになるんだから。

自己紹介ＣＭ

『長田祐太郎氏は、19××年×月×日にこの世に生を受けました』

木曜夜のゴールデンタイム。某キー局の有名番組。その合間に流れる自己紹介CMを、俺は安い発泡酒を片手に視聴していた。広告代理店とテレビ局に高い金を払って制作してもらっただけあって、映像の出来は素晴らしい。述べられているのは嘘偽りないどこにでもあるような事実なのに、音楽と演出のおかげで、あたかも自分が凄い人間であるかのような印象を与えてくれる。十五秒という短い時間だったが、俺は食い入るようにテレビに齧り付いた。そしてCMが終わったタイミングで、片手に持っていた発泡酒を勢いよく喉に流し込むのだった。

＊＊＊＊

この世界には数えきれないほどたくさんの人間が住んでいて、自分はその中の一人に過ぎない。歴史に名を残す人間、誰かの記憶に残る人間。そんな数少ない才能と運に恵まれた人間とは違って、俺はどこにでもいる冴えない中年男性の一人。俺を知っているのは周囲にいる数少ない人間だけで、この世界に存在する99・99999９％の人間は、長田祐太郎という人間が存在しているという事実すら知らない。

俺が死ねば数年のうちに俺のことを思い出す人はいなくなり、俺という存在はこの世界から本当の意味で消え去ってしまう。仲の良い友達もいなければ、恋人も子供もいない。でも、孤独であることやいつか死んでしまうということが怖いわけではなかった。怖いのは、この世界から自分という存在が跡形もなく消え去ってしまうこと。自分という存在をできるだけ多くの人間に知ってもらいたい。そんな気持ちをずっと持っていたからこそ、自己紹介ＣＭというサービスを知った時、俺は縋るような気持ちで申し込みをした。これは不況が続くテレビ業界と広告代理店が打ち出した苦肉のサービスで、その言葉通り、お金さえ払えば、自分のことを紹介するＣＭをテレビで流してくれるというもの。

簡単に手が出せる金額ではない。それでも、効果は絶大だった。ＣＭが終わると同時に、ＳＮＳでエゴサーチを行うと、検索結果が大量にヒットする。俺の経歴を好意的に受け取る人間。自己紹介ＣＭを流すなんて、自己顕示欲の強い証拠だと非難する人間。色んな人間が俺という存在を認知し、そして、俺について話していた。さらに大事なことは、SNSで実際に投稿していなくても、あのCMを見て、俺という人間を知った人間がその裏にたくさんいるということ。その事実がただただ嬉しかった。俺は検索結果を何度も読み返しながら、この世界のどこかにいる誰かに、自分のことを知ってもらっている喜びを噛み締めた。

『昨今、特に若年層ではテレビ離れが深刻になっています』

もっと誰かに俺のことを知ってもらいたい。そんな欲が出始めた頃、あるネット記事に目が留まった。ふと思い立ち、自己紹介CMを担当してくれた広告代理店の営業に電話をかけ、ネット広告や動画配信サイトなどで自己紹介CMを流すことはできないかを相談してみた。営業は俺の提案に乗り、早速手配をしてくれた。とんとん拍子に話が進み、費用についても、この自己紹介CMを世に広めるための広告費の一環として援助するとさえ約束してくれた。

しばらくすると、俺の自己紹介CMはテレビを飛び出し、ネットの世界へと広がっていった。ネットサーフィンをしていても、お気に入りの動画を見ていても、SNSを開いてみても、至るところに俺の自己紹介広告を見つけることができる。途中からは、多言語化対応が進められ、俺の存在は世界中へと伝わっていった。世界的に使われているSNSを覗けば、英語、中国語、ドイツ語、あらゆる言語で俺の名前が呼ばれ、俺のことについて話が交わされていた。

「ちょっと古いですが……飛行船なんてどうです？」

営業に言われるがまま、自己紹介広告を貼り付けた飛行船を飛ばすこともした。最近ではなかなかお目にかかれないからか、飛行船が東京の空を飛び始めるや否や、SNSでバズり、ネットニュースにもなった。それ以外にも、俺はありとあらゆる広告手段を使って、自分の存在を全世界に向けて発信し続けた。プロ野球が行われる東京ドームやサッカー競技場内の広告。電車やバスの吊革広告に、新聞や雑誌、無料で配布されるティッシュ。広告と呼ばれるありとあらゆるものに、俺は俺の自己紹介広告を出し続けた。

その頃になると、俺の知名度は全世界的になり、それと同時に各国のメディアから『知名度がある』という理由で取材を受けるようになった。メディアで俺が取り上げられ、それによってさらに俺の知名度が上がり、そして俺の名前を知った人々がさらに俺のことを話題にあげる。まさに絵に描いたような好循環だった。

アメリカ大統領。ローマ教皇。世界的ミュージシャン。そして、長田祐太郎。これは、俺と一緒に広告を打ち続けてくれた広告代理店が全世界的に行った知名度調査の結果だった。街を歩けば週刊誌の記者につけまわされ、街を歩かなくても、アパートの外からは俺のことを噂している誰かの声が聞こえてくる。もちろん若干の煩わしさはあった。それでも、みんなに俺という人間が知られているという幸せに比べたら、いくらだって我慢できた。

広告費のために生活費はギリギリまで切り詰めなくちゃいけなかったし、友達や恋人がいないという事実は以前と変わらない。それでも、俺には知名度があった。それだけで十分だった。だから、家で突然倒れ、救急車で運ばれた時も、身元保証人になってくれる人間が周りにいないと医者に伝え、医者と看護師が哀れみに満ちた表情でこちらを見つめてきた時も、末期の癌でそれほど長くは生きられないことを知った時も、俺は自分のことを一切可哀想だなんて思わなかった。

「どんなに世界的に有名でも、誰一人お見舞いに来てくれないんじゃあねぇ……」

入院中のベッド。寝たふりをしている俺の近くで、看護師が陰口を叩く。彼女らが言うことは事実だった。入院していることはネットニュースにもなり、病院の外では週刊誌の記者が張り込みをしている。入院している病院は検索すれば出てくるし、病室の番号だって突き止められる。それなのに、俺を見舞いに来てくれる人は、誰一人として現れなかった。

しかし、その陰口に腹を立てることはなかった。むしろ、二、三人と深く繋がっていることで満足している凡人たちの低俗な嫉妬とさえ感じた。たとえ俺のことを心から心配し、見舞いに来てくれる友人や恋人がいたとしても、それが一体何になるのだろう。後世まで語り継がれるという偉大さと比べたら、そんなものはしょうもない代物に過ぎなかった。俺はお前らと違って、死んだ後もみんなの記憶に残り、語り継がれる。俺は心の中でそう呟いて、俺を憐れんでくる奴らを逆に馬鹿にしてやった。

『いやー、ネットニュースで見ましたけど、入院してたんですね』

入院から一週間後に、初めて広告代理店の担当営業から電話がかかってきた。俺は奴の適当な労いの言葉を遮り、どうすればもっと俺の知名度をあげることができるのかを単刀直入に尋ねる。

『うーん、考えられる広告はあらかたやってしまいましたからね……』

営業は少しだけ考え込んだ後で、無邪気に笑いながら俺に答える。

『あとやるとしたら悲劇的な死を遂げるとかじゃないですかね。あはは、冗談ですよ冗談。でもほら、そういうのってすごく大々的に取り上げられますし、有名な文豪とか画家とかも自殺してたりするじゃないですか』

俺は耳から携帯を離し、ゆっくりと部屋の窓へと視線を向ける。そして、俺が今いる部屋の階数を思い出し、ゆっくりとベッドから立ち上がった。窓際に立ち、下を見ると、そこには何度か見かけたことのある週刊誌の記者が数人立っていた。そのうちの一人がふと顔をあげ、窓から顔を覗かせる俺を指差す。そして、近くにいたカメラマンが俺の方へとカメラを向けて、嬉しそうに俺を撮り始めた。

『もしもし。もしもーし』

握りしめた携帯から営業の声が聞こえてくる。しかし、俺の頭の中には、先ほどの言葉が繰り返し再生されていた。

俺が初めて出したCMは、『長田祐太郎氏は、19××年×月×日にこの世に生を受けました』という言葉で始まっていた。だとしたら、それにふさわしい結びの言葉は自ずと決まるはずだ。

俺は頭の中で非業の死を遂げた有名人を思い返す。週刊誌の記者が真下から俺に向かって、何か質問らしきものを投げかけており、そして、隣のカメラはまっすぐに俺の姿を捉えていた。

孤独であることやいつか死んでしまうということが怖いわけではない。怖いのは、この世界から自分という存在が跡形もなく消え去ってしまうこと。

俺はゆっくりと目をつぶり、窓枠を摑む。そして、もう一度心の中でその言葉を呟いた後、そのままゆっくりと、身体を前へと傾けていくのだった。

一生市長

「この度湯浅さんは一生市長に任命されました。なので、これから死ぬまでの間、この歯固市の市長として働き続けてください」

「そんな！」

一日市長の仕事だと勘違いして市役所を訪れた僕は、広本と名乗った市長秘書からそう告げられた。

「でも、なんで僕が一生市長に？　僕はテレビに一回出たことがあるだけのしがないお笑い芸人で、この場所とは縁もゆかりもないはずなんですが……？」

「モチベーションを下げてしまうかもしれないですが、正直誰でもよかったというのが本音です。ここ最近、地方では政治家の成り手不足が深刻なんです。そこで片っ端から芸能事務所に連絡をしてようやく捕まえ……見つけることができたのが、湯浅さん、あなたなんです。でも、心配しないでください。もちろん名ばかり市長なので、実際に難しい仕事をしていただくわけではないですから」

広本さんが最後に一言フォローを入れる。お笑いで天下を取ろうとしていた僕は政治になんか興味がなかったし、断ろうと思った。しかし、彼の言葉から本当に困っている様子が伝わってきたので、無理だったら適当な理由をつけて途中で辞めようと考え、僕は一生市長を引き受けることにした。僕がその意志を伝えると、広本さんはほっと安堵のため息をつく。

「それでは最初の仕事は挨拶回りです。今日からこの街で市長として働くので、まずは隣接する市の先輩市長へ挨拶に行きましょう。きっとこれからお世話になることも多いですし、顔を売っておいた方がいいですよ。隣接する市は全部で三つあるので、急ぎましょう」

広本さんに促されるがまま、僕たちは電車を乗り継ぎ、まず初めに丸楕円市の市役所に向かった。公用車がないのかとちょっとだけ思ったが、名ばかり市長なので強くは言えなかった。

「初めまして、歯固市の一生市長として着任した湯浅です」

「これはご丁寧にありがとうございます。私は丸楕円市の一緒市長の渡辺です。隣にいるのが、私と一緒に市長をしてくれている大岡さんです」

「よろしくお願いします。一緒に市長をできる人がいるのは心強いですね」

「ええ、業務と責任は半分になって、給料は二人分満額出ているので、これほど楽な市長はないです。お互いに仕事を押し付け合っているので、結局仕事のスピードは、一人の時よりも遅くなってしまっているんですが、悪いともなんとも思っていません」

次に僕は、同じく隣接している鮭芋市の市役所に向かった。

「初めまして、歯固市の一生市長として着任した湯浅です」

「私は鮭芋市の犬畜生市長の多田です。倫理とか道徳なんて糞食らえだと思ってます」

「主義主張は人それぞれですからね。でも、どうしてまた市長なんかに？」

「(私にとって)住みやすい街を作りたくて」

最後に僕は、隣接している三つ目の市である貯愛市の市役所へ向かった。

「初めまして、歯固市の一生市長として着任した湯浅です」

「これはこれはどうも、私は貯愛市の四年市長の赤坂です。ただ四年といっても住民からのリコールなどがあれば途中で解任されてしまう可能性はあります」

「……それは普通の市長なのでは？」

「いえ、あまりにも他に特殊な市長が増えすぎて、普通の市長の呼び方も変わってしまったんですよ。でも、この四年市長というのも悪くないですよ。任期が終わればたくさんの退職金が受け取れるんですから。とりあえず、任期中は市民のご機嫌取りだけして、誰からも批判されないようにしようと思っています。退職した後のこと？

それは私には関係ありませんよ」

　挨拶回りを終え、僕は電車で広本さんとともに我が市役所へ戻ることにした。函館市役所へ向かう電車に揺られながら、僕は広本さんに話しかける。

「いやしかし、政治家の成り手不足というのは本当なんですね」

「それはまたどうして急に？」

「なんというか、その……控えめに言ってもろくな奴がいなかったし」

　それから僕は電車の窓から覗く街の風景を眺めた。今までは気にも留めなかったありふれた風景の中には、若い人、家族、お年寄りが生活している姿があった。この街には色んな人が住んでいて、一人一人かけがえのない人生を送っている。もちろん名ばかり市長ではあるけれど、この市の長としてあの人たちのために何かできることはないだろうか？　街並みを見つめていると、ふとそんな気持ちが湧き上がってくる。

「決めましたよ。僕、立派な市長になってみせます」

「え？」

「この市に住む全ての人の暮らしをよくするんです。例えば、あそこに見える人のいない商店街に活気を取り戻してみせるし、そして線路沿いにあるあの寂れた公園は、子供が集まる公園にしてやるんだ！」

僕の顔をじっと見つめ、それから広本さんは少しだけ申し訳なさそうに僕に告げた。

「水を差すようで申し訳ないんですが……ここはまだ、隣の貯愛市です」

「……市長」

＊＊＊＊

それから僕は市長として必死に働いた。一生市長だったからこそ、長い目で見て一体何をするべきなのか、ということを第一に考え、それを政策に反映させた。もちろん政治のことなんて全然わからなかったから、失敗もたくさんあった。それでも、心温かい市民や市役所職員に支えてもらいながら、僕はこの市のため、必死になって動き回った。

そして、市長に就任してから一年が経ち、十年が経ち、三十年が経ち、五十年が経った。気がつけば僕はすっかりお爺さんになって、歳のせいで身体は言うことを聞いてくれなくなってきた。だけど、一生市長なので仕事を辞めるわけにもいかなかった。やがて、身体に限界がきてしまい、政務中に倒れた僕はそのまま、病院に運ばれてしまった。

「この五十年間、僕は市長としてこの街をよくすることができただろうか？」

「ええ、もちろんですよ」

病院の病室。僕が市長になってから三代目に当たる秘書がよぼよぼになった僕の手を握りしめながら答える。

「湯浅市長のおかげでこの市は発展し、全国ニュースでも取り上げられるほど魅力的な街になりました。隣接する市と比べたら雲泥の差です。丸椅円市では賄賂と汚職が蔓延り、責任を取らない政治家たちによる腐敗政治でめちゃくちゃになっています。鮭芋市は警察が廃止されたことで治安が悪化し、犯罪と暴力が支配する街になってます。比較的ましだった貯愛市だって、無責任な放漫財政が続いたせいで、市の財政が悪化し、財政破綻してしまいました」

そうか。僕は相槌を打つ。それからゴホゴホと咳き込むと、秘書が僕の背中をさすってくれた。病室内を見渡すと、歯固市の市民から届いた見舞い品で足の踏み場もなくなっていた。そしておもむろに病室の扉が開き、隙間から新しく届いた市民からの見舞い品が室内に乱暴に投げ込まれる。

「不思議だな。僕が自分から選んだわけでもなく、やらされて始めた仕事だったのに、結局死ぬまでこの仕事を続けることになるなんて」

「湯浅市長が市長という仕事を選んだわけではないのかもしれません。でもきっと、市長という仕事が湯浅市長を選んだんですよ」

「そうか、そうだといいな」

僕はその言葉に納得する。それとともに僕に繋がれた心電図の心音の間隔がゆっくりと長くなっていくのが聞こえてくる。薄らいでいく意識の中で、医者や看護師、秘書が慌てふためき始める。お迎えがきた。僕はそう悟ったけれど、不思議と思い残すことはなかった。僕の名前を呼ぶ秘書の声を聞きながら、僕はゆっくりと目を閉じた。

目覚めた時、僕の目の前には閻魔大王が座っていて、パラパラとノートをめくっていた。僕の存在に気がつくと、閻魔大王は僕にチラリと視線を送った後で話しかけてきた。

「前世の行いが良かったので、来世は君の好きな方を選ばせてあげよう。君が次に送ることのできる人生は、お笑い芸人として天下を取ることができる人生と、前世と同じように一生市長として働き続ける人生のどちらかだ」

閻魔大王が僕をじっと見つめる。それから大王は、「一生市長の方が良いよな？」と確認してきたので、僕は迷うことなく「もちろんです」と答えた。

生まれつき写真には
写らない体質

私、生まれつき写真には写らない体質なんです。

アナログとかデジタルとかも関係なくて、さらに言えば動画もダメです。例えば私をカメラで撮影しても、写真に写っているのは後ろの背景だけで、そこには私の輪郭すらない。着ている服だけでも写っていれば、そこに私がいたんだなって思うこともできるかもしれませんが、不思議なもので、私が身につけているものも一緒に写らなくなるんです。だから、その場にいた人じゃないと、カメラのレンズの中に私がいたことは、絶対にわからないんです。

何でも、この体質は数十万人に一人の割合で存在する珍しいものらしいのですが、そんな体質が一般的に知られているわけでもないから、私が生まれた時は大騒ぎだったそうです。母親は赤ん坊の私をカメラで撮影しても、何にも写らないものだから、崇（たた）りだって叫びながら泡を吹いて倒れてしまったって聞きました。その後、お医者さんからきちんとした説明を受けて納得したそうですけど、崇りだなんて笑っちゃいますよね？

生まれつきこんな体質だから、色々と苦労しました。写真にもビデオにも写らないから、思い出の記録とかそういうものが全くないんですよね。成長の記録は当然ですけど、入学式とかに、校門の前で親子で写真を撮ったりするじゃないですか？　私の場合、母親と並んで写真を撮っても、学校の名前と母親が写ってるだけの、わけのわかんない写真ができるだけ。修学旅行の写真だって、そこに私の姿なんて一つもなくて、他の友達がキャッキャ言いながら、校内の壁に貼られてる写真を見ているのがちょっとだけ羨ましかったです。

それに学校なんかだと、皆と違うってだけで簡単に仲間はずれにされちゃいますしね。実際、私も幽霊女だなんて後ろ指を差されたり、顔も知らない他のクラスの人たちから勝手に写真を撮られて見せ物にされることも多かったです。でも、写真に写らないのに盗撮されるだなんて皮肉ですよね。私が写ってない写真を見せ合って、何が楽しいのって、ずっと思ってました。理解ある友達に助けられたおかげで不登校になったり、グレたりすることはなかったですけど、やっぱり笑われたりするのはすごく辛(つら)かったし、今でもあの日された嫌がらせのことをふと思い出すと、胸の辺りがぎゅーっと締め付けられるような感覚になります。

なんでこんな体質で生まれてきたんだろうって、子供の頃からずっと悩んでましたし、こんな身体(からだ)に産んだ親を恨んだりもしました。この体質のことを話すと、大変だねって同情してくれる人も多いです。写真に写らないだけで死ぬわけじゃないでしょって言う人もいますが、思い出が一つも形として残らないことがどれだけ辛いことか、きっとその人にはわからないんだと思います。

　この体質を治せるんだったらどれだけでもお金を払うし、生まれ変わったら絶対に普通の女の子として生まれたい。この気持ちは今でも変わりないです。それでも……この体質で良かったと思うことが、今まで生きてきて二つだけあるんです。そのうちの一つは、さっちゃん……安藤沙智(あんどうさち)ちゃんと知り合えたことです。

　さっちゃんは私とは全く正反対の性格でした。友達も多くて、よく笑って、そこにいるだけで周りを明るくしてくれるような太陽みたいな子。きっかけは、私の体質のことを知ったさっちゃんが、「超能力みたいでかっこいいね」って話しかけてくれたことでした。その時はまださっちゃんのことなんてよく知らなかったから、クラスの人気者が、私をからかってるだけだって変に身構えたんだっけ。でも、話すうちにさっちゃんの人柄を知っていって、私を馬鹿にしてるんじゃなくて、本当にかっこいいねって思ってくれてることがわかって、気がつけば私は彼女のことが大好きになってました。

今思ったら不思議なんですが、正反対の性格なのに、なぜか私とさっちゃんは妙に馬があったんですよね。高校時代はずっと一緒にいて、周りからは双子みたいだねって冷やかされたりするくらいでした。いくら私が無駄だよって言っても、さっちゃんは笑いながら私の写真を撮って、それからやっぱり写ってないねと背景だけの写真を楽しそうに私に見せてくれました。さっちゃんと一緒にいる時だけ、この体質のことでくよくよ悩まずに済んで、私のこの体質のことを、ほんのちょっとだけ好きになれたような気がします。

さっちゃんと過ごした高校生活は私にとってかけがえのない宝物で、卒業式の日だって、素直じゃない性格だから変に虚勢を張ったりしていたけど、心の中は悲しくて悲しくて仕方がなかったんです。そんな私の手を握って、さっちゃんは私を誰もいない美術室へ連れていってくれました。別に美術部員じゃないのに、大丈夫なの？って尋ねる私を強引に椅子に座らせて、今から絵を描いてあげるよってさっちゃんが言ってくれたんです。

写真はダメでも、絵だったら、思い出として残すことができるでしょ？

さっちゃんはそう言って笑ってました。さっちゃんは美術部員じゃないし、絵が上手いというわけじゃないので、十分くらいで描き上げた私のイラストは、お世辞にも上手とは言えませんでした。それでも、白い紙の上に描かれた私の姿と、右下にある画家を真似して書いたさっちゃんのサインを見た瞬間、涙が込み上げてきて、そのままさっちゃんに抱きついて、わんわん泣いちゃったんです。嬉しいって感情とか、悲しいって感情とか、色んな感情がごちゃ混ぜになってました。自分の中にも、こんなに色んな感情があったんだって今思うと少しだけ恥ずかしいです。実際、青春の一ページなんて言葉は、ドラマとか映画の中だけの話だとずっと思ってました。でも、あの瞬間。私とさっちゃんが美術室で抱き合って泣いたあの瞬間だけは、きっとこれからも私の人生の支えになってくれるような、大事な時間なんだって信じてます。

さっちゃんとは高校を卒業してからも連絡を取り合ってました。高校の時みたいに毎日会うことはできなかったけど、親友っていう関係はずっと変わりませんでした。さっちゃんは私にとっての一番の友達で、私の命よりも大事な人。だから、そんなさっちゃんを自殺に追い込んだ小林泰斗が殺されたって話を聞いた時、私はどちらかというと嬉しいって気持ちの方が強かったです。

どうしたんですか？　そんなに眉をひそめて。ああ、殺されたと聞いたって私が言ったのが、空々しいってことですね。でも、それは本当のことですから仕方ないですよ。だって、私が小林泰斗の死を望んでいたことは事実ですが、彼が殺された事件は私には全く関係のない話ですから。だけど、さっちゃんの一番の親友である私には殺害の動機があって、私が彼を殺したと思われている。じゃなかったら、こんな狭い取調室に連れてこられて、刑事さん二人から詰められるなんてことはないですから。でも、残念ですけど、彼を殺したのは私じゃないです。というか、私が小林泰斗を殺したって証拠は何一つ掴んでないですよね？　先ほど刑事さんたちが説明してくださったように、犯行現場近くの防犯カメラに映っていたのは、被害者である小林泰斗ただ一人。そして、カメラには彼ただ一人しかいない状態で、突然腹部に包丁が刺さり、そのまま倒れ込んでしまった。犯人の姿なんてどこにも映っていないわけですから、誰が犯人かなんてわかるはずもない。

もちろん私はカメラに写らない体質なので、防犯カメラにも映りません。例えばの話ですが、私が犯人だったとしたら、防犯カメラに映らずに彼を殺すことは可能ですよ。でも、だからといって、私が犯人だっていう直接的な証拠はどこにもないですよね？　だって、防犯カメラには誰も映っていなかったんですから。私と同じ体質の人が他にも存在する以上、それは情況証拠にもならないと思います。

これ以上取り調べをしても意味はないでしょうし、もう帰っても良いですか？　はい、ありがとうございます。いえいえ、貴重な体験ができて面白かったですよ。犯人、捕まるといいですね。

え、なんでしょう？　ああ、この体質になって良かったと思えた、もう一つのことですか。確かに言ってませんでしたね。まあでも、わざわざ話さなくたって、刑事さんたちだったら、もう一つが何かわかるんじゃないですか？

神様の代理人

「もういっそ……私を殺してよ‼」

始業前。橋田真衣（はしだまい）はボサボサの髪を掻き（か）むしりながら、そう叫んだ。

彼女が座ろうとしていた椅子が倒れ、静まり返った教室に鈍い音を響かせる。担任が慌てて橋田真衣の元に駆け寄っていく。だけど、彼女の机の中から溢れる（あふ）大量の虫の死骸（しがい）が目に留まったのか、口を手で押さえ絶句する。担任はどうにか自分を奮い立たせ、橋田真衣の肩を支えながら教室を出て行った。

私は橋田真衣の後ろ姿を教室の一番後ろの席から見送った。数ヶ月前まではクラスの中心にいた、自信に満ち溢れていた彼女はもういない。髪はボサボサ。寝不足で目の下には真っ黒なクマができていて、魅力的だった大きな目は魚のように飛び出していて気味が悪い。

誰もが口をつぐみ、重たい空気が教室を支配する。右斜め前に座っていた結城（ゆうき）まひろがこちらを振り返り、不安と恐怖が入り混じった表情を浮かべた。私はそんな怯え（おび）た彼女に対し、大丈夫だと安心させるために頷い（うなず）てみせる。

橋田真衣があれほどまでに追い込まれるのは仕方ないこと。可哀想だと思わなくもないけれど、それでも私は自分のやるべきことをやるだけ。

私は自分のポケットに手を入れる。指先で、虫の死骸の乾いた感触を確かめながら思う。私は橋田真衣を追い込み、この世界を少しでも平等に近づけなければならない。

それが、神様の代理人としての私の役目なのだから。

＊＊＊＊

こんな不平等はあってはいけない。

結城まひろが橋田真衣にいじめられている光景を目にした時、私はそう思った。

橋田真衣は全てを持っていた。親は医者で、お金持ち。モデルにスカウトされるくらいに容姿端麗で、学業面も現役で医学部を狙えるほどに優秀だった。クラスの中心にはいつも彼女の姿があり、その表情には世界に対する自信があった。

一方結城まひろは橋田真衣とは正反対の人間だった。いつもクラスの端っこにいる地味な女の子で、お世辞にも容姿が整っているとは言えない。運動も学業も私が知る限りでは全然できない。少ない友人と固まりあって、存在を殺すようにして毎日を過ごしている。そんな女の子。

彼女たちは同じクラスだけど別の世界に住んでいた。いじめのきっかけはわからない。でも、結城まひろが橋田真衣の行動をちょっと注意したとか、そんなレベルの些細なこと。橋田真衣は結城まひろにムカついて、彼女の取り巻きたちとともに結城まひろへの嫌がらせを始めた。

教科書を隠されたり、SNSでありもしない噂を流されたり、廊下ですれ違う時に小さな声でキモいと言われたり。まるで小学生みたいないじめを、橋田真衣は自分の取り巻きたちと一緒になって楽しんでいた。

結城まひろはいつだって何も言わずに俯いていて、悔しそうに唇を嚙むだけだった。周りの人はそれに対して何も言わない。橋田真衣はこのクラスの中心で、結城まひろはこのクラスの端っこだったから。

「お前がやるんだ」

神様は私の夢の中に出てきて、お告げをしてくれる。神様は白くて大きな芋虫みたいな形をしていて、口はなく、身体全体をポンプみたいに動かすことで呼吸をしている。ブヨブヨの体にはうっすらとした白い産毛がびっしりと生えていて、近づくと腐った卵のような臭いがした。

私は神様の代理人。人は皆平等でなければならないというこの世界の決まりを守るため、私は神様に代わって世界を正さなければならない。

だから、私はまず手始めに橋田真衣のポケットの中に虫の死骸を忍び込ませた。体育の授業が終わって着替える時、彼女が悲鳴をあげ、周囲が騒然となった。それでもそれが誰かの嫌がらせだなんて考えもしないで、気持ち悪いねと友達と言い合って気を紛らわしていた。だけど、それは最初だけ。そんな出来事が何度も何度も続くと、彼女は自分に向けられた悪意へと気がつき始める。

顔のわからない誰かからの悪意。不気味さは怒りになって、そして恐怖へと変わっていく。

「どうして……あんなひどいことができるの？」

私が結城まひろに自分が神様の代理人であることを伝えた時、彼女は怯えた表情でそう聞いてきた。私は彼女に世界を平等に近づけているんだと説明してあげたが、彼女は納得してくれなかった。それでも、そういうことは良くないと声を震わせながら言った彼女の表情に、橋田真衣の不幸を喜ぶ気持ちがあることを、私は決して見逃さなかった。

結城まひろに告白した後も、私は手を止めることなく、正義を執行し続けた。橋田真衣が身につけるもの、彼女が触れるもの、ありとあらゆるものに虫の死骸を忍ばせた。上履き、カバン、服の中。胸を張り、自信に満ち溢れていた橋田真衣はありとあらゆるものを疑うようになり、小さな物音が立つだけでびくりと身体を震わせ、過呼吸を起こした。私はありとあらゆる手段で彼女を追い込んだ。

何度も学校から調査が入ったし、監視カメラだって新しくつけられた。でも、それはあくまで何か対策をしてなくちゃいけないからそうしているだけであって、犯人を見つけてやろうという本気さは感じられなかった。実際私は上手く立ち回ったし、バレないためにはどうすればいいのか、今まで神様の代理人として培ってきた経験があれば何の苦労もなく理解できた。

橋田真衣は休みがちになり、彼女がいなくなったことで結城まひろへのいじめはなくなっていった。そして、数週間ぶりに教室へやってきた橋田真衣は机の中に入れられた虫の死骸を見て絶叫し、それ以降、彼女が教室に姿を見せることはなくなった。

「ありがとう。私を助けてくれて」

橋田真衣が学校からいなくなってから一ヶ月後。下校中に結城まひろから声をかけられる。私は神様の代理人としてやるべきことをやっただけ。そのことを彼女に伝えたが、それでも結城まひろは感謝の言葉を口にし、これからは平和な学校生活を送れそうと笑った。それじゃまたね、結城まひろはそう言って、私と別れようとする。だけど、その時、「まひろ」と誰かが彼女を呼ぶ声がした。振り向くとそこには中年のサラリーマンが立っていて、人当たりのいい笑顔をこちらに向けていた。

「お父さん？」

結城まひろが少しだけ驚いた表情で返事をする。結城まひろの父親はこちらに近づいてきて、まひろのお友達かなと私に聞いてきた。結城まひろは「やめてよ、お父さん。恥ずかしい」と慌てて私たちの間に割って入る。

「いやあ、よかった。まひろにこうしてお友達がいて。まひろは優しいけど大人しいから、心配してたんだぞ」

「私だって、もう子供じゃないんだよ？」

そう言って二人が笑う。そして私の存在を思い出したのか、結城まひろは、お父さんがごめんね、と謝って、また学校でと言って手を振った。

私は二人が仲睦（なかむつ）まじげに話しながら帰っていくのを見送った。二人の姿が見えなくなるまでしばらく立ち止まり、その後、ようやく足を動かした。

＊＊＊＊

家に帰る。床はいつものようにゴミで埋め尽くされていて、私はゴミ袋の上をバランスをとりながら歩いていく。かつてリビングだった場所では、今日もゴミに囲まれながら父親がお酒を飲んでいた。

父親は私を見ると舌打ちをして、何の言葉も理由もなく空き缶を投げつけてくる。私は空き缶がぶつかった右肩をさすりながらこれ以上父親を怒らせないように自分の部屋へ急ぐ。途中、ゴミ袋に押し潰されて死んでいた虫の死骸を見つけたので、それを拾い、ポケットの中に入れる。

暗い部屋の中で一人、汚い床に腰を下ろす。リビングからは父親が立ち上がろうとして、ゴミの山が崩れる音が聞こえてきた。私は虫の死骸を保管するために戸棚を開ける。戸棚を開けたタイミングで中から色んなガラクタが崩れ出てくる。そのガラクタを一つ一つ拾い上げていくと、その中に紛れ込んでいた昔の写真を見つけ、思わず手を止めた。

写真には私と、不倫相手と駆け落ちする前の母親と、酒に溺れて暴力的になる前の父親の姿が写っていた。私はその写真を見ながら、昔のことを思い出す。父親と母親は優しく、いつだって私を気にかけてくれた。幼い手で握った大きな手は温かく、その温もりを感じるだけで心が幸せな気持ちに満たされていた。

私は昔の家族を思い出し、それから先ほど別れたばかりの結城まひろのことを思い出す。優しそうな父親に心配され、仲睦まじく二人で帰っていく、彼女の背中を。私は写真を見ながら、ポケットの中に入れた虫の死骸を指先で触る。

こんな不平等はあってはいけない。

私は神様の代理人。この世界を平等で公平な世界に近づけるため、私は神様に代わってこの世界を正さなければならない。私は結城まひろのことを考える。そして、湿ってぐちょぐちょした虫の死骸を指先でいじりながら、私は親指と人差し指で、それをゆっくりと潰していった。

日替わり彼氏

「えーと……それじゃあ、日替わり彼氏をお願いします」

「あいよ‼‼」

居酒屋の店内に、威勢のいい声が響き渡る。私は店員の頼もしい背中を見送った後で、手書きのメニュー表に書かれた今日の日替わり彼氏の内容をもう一度確認する。年齢は三十代後半で、都内で親の跡を継ぎ歯科医院を経営している。アウトドア派の人で、休日には大学時代から付き合いのある独身仲間とテニスをしたりするらしい。顔写真に写った笑顔には育ちの良さを感じさせるような品があり、その一方で、笑顔で細くなった目にはどこかミステリアスさを感じる。

「ごめん、待ちました？」

顔をあげると、そこには私が注文した日替わり彼氏が立っていた。待ってないよと答えると、日替わり彼氏は良かったと品よく微笑(ほほえ)み、そのまま向かいの席に座る。

そして日替わり彼氏は、私との会話を続けながら、アクリルのホルダーにそっと伝票を入れる。ガサツな日替わり彼氏であれば、雰囲気や設定なんてお構いなしで、間の悪いタイミングで伝票を渡してくることが多い。だからこそ、今日のような細かい気配りに、思わずキュンとしてしまう。

それから私たちはサービスのコーヒーを嗜みながら、楽しいひとときを過ごした。

十分に会話を楽しんだ後、私は伝票を手に取り、立ち上がる。

「お客様のお帰りでーす！」

レジで会計を済ませ、店を出る。出口で一度だけ振り返ると、私の席にはまだ日替わり彼氏が座っていて、にこりと微笑みながら手を振ってくれるのだった。

＊＊＊＊＊

「悩むけど……やっぱり、日替わり彼氏でお願いします」

「あいよ‼‼」

店員の威勢のいい声と同時に厨房が騒がしくなる。今日の日替わり彼氏は何でも新メニューらしい。プロフィールを見てみると、歳は私よりも下。顔写真では人懐っこい笑みを浮かべていて、口元から特徴的な八重歯がのぞいている。そして何より、一番目を引いたのは、職業欄に記載されている『マジシャン』という言葉。昔から一芸に秀でた男性が好きだった私は、会う前から期待で胸が膨らんでしまう。

「おっ待ったせ！」

しばらくするとメニューに載っていた日替わり彼氏がやってきて、元気よく向かいの席に腰掛けた。犬のように無邪気な笑顔を振り撒きながら、会えるの楽しみだったよとこちらが喜ぶような言葉をさらっと言ってくれる。今までこのような軽いタイプはあまり好きではなかったけれど、彼のその人懐っこい魅力に一瞬で引き込まれてしまった。それから日替わり彼氏は挨拶がわりにと、マジックを見せてあげると言ってきた。日替わり彼氏は胸ポケットからコインを取り出し、私にそのコインを握らせた。

それから、私の握った手を両手で包み、囁くような声で語りかける。

「目を瞑って、集中して……」

見た目からは想像もできない色気のある声にドキッとしながら、私は意識を集中させる。日替わり彼氏は私の手を放し、パチンと指を鳴らす。開いてみて。言われた通り私が手を開くとさっきまで確かに握りしめていたはずのコインが消えてなくなっていた。驚く私に日替わり彼氏はにこりと微笑みかけ、ズボンの右ポケットを探すようにとジェスチャーで伝えてくる。

私はドキドキしながら右ポケットに手を入れ、何もないはずのポケットに入れられていた何かを取り出し、目の前に掲げる。いつの間にか右のポケットに入れられていたそれは、私が注文した日替わり彼氏の伝票だった。

「お客様のお帰りでーす！」

私はレジで会計を済ませ、店を出る。振り返ると、私の席にはまだ日替わり彼氏が座っていて、無邪気な笑顔のまま、こちらにウィンクをしてくれるのだった。

＊＊＊＊＊

「今日もやっぱり、日替わり彼氏を――」

「全員その場から動くな‼」

突然お店の中に響き渡る怒声。声のする方へ振り返ると、入り口に覆面を被った三人組が立っていた。店内に叫び声が響き渡る。先頭で入ってきた男の手に握られている拳銃を見て、私は恐怖のあまり息を呑んでしまう。覆面男たちは店内にいた客と店員たちに、一箇所に集まるんだ！　と荒々しく命令してくる。覆面男の一人が厨房に入っていき、中にいた人たちを引っ張り出してくる。そのタイミングで、お店の中に置かれていたラジオから、ニュースが聞こえてきた。

『先ほど○○銀行にて、強盗が行われた模様です。犯人は現在も捕まっておらず、逃走を続けています。警視庁は近辺の住民に注意喚起を行うとともに――――』

覆面男の一人がラジオのスイッチを切り、店内が静寂に包まれる。それから、奥で隠れていた店員たち、日替わり彼氏たちも厨房から引きずり出されてくる。日替わり彼氏の中には、以前注文したことのある、優男系歯科医師とやんちゃ系マジシャンもいた。これで全員だろうなと覆面男の一人が店員に尋ね、再び厨房に入っていく。するとすぐに厨房の奥から「クソっ！」という罵り声が聞こえてきた。

「裏口のドアが開きっぱなしになってた！　おそらく誰か一人、外へ逃げて警察に通報しに行ってる！」

その言葉に、入り口を見張っていた一人が明らかな動揺を見せた。しかし、拳銃を持ったリーダー格と見られる男は落ち着いていて、淡々とした口調で二人に語りかける。

「すぐに警察へは連絡が入るだろうな。だとすれば、俺たちがここにいることもすぐにバレるだろうし、ここで立て籠もるというのもあんまり得策とは言えない。だから、ここは人質を一人連れていって、警察に逃走用の車を用意するように交渉を行うしかない」

男の言葉に二人が意味深に頷(うなず)く。そして、拳銃を持った男が、人質を探すために、こちらへと視線を向ける。その一瞬、覆面男と目が合ってしまい、やばいと思って慌てて視線を逸(そ)らした。しかし、逆にその反応が目立ってしまったのか、そこにいる女！　と男が私を呼び、前に出てくるように命じてきた。

私は恐怖で身体(からだ)が動かなかった。助けを求めて左右を見渡す。だけどもちろん、誰も私と視線を合わせてくれない。歯科医師の日替わり彼氏と、マジシャンの日替わり彼氏とは一瞬だけ目が合ったけれど、恐怖で青ざめた表情でさっと目を逸らし、俯(うつむ)いてしまうだけだった。

「もたもたするな！　早くこっちに来い‼」

心臓の鼓動は今まで経験したことがないくらいに激しく脈打ち、背中からは気持ちの悪い汗が噴き出してきている。それでも、彼らの言う通りにしないと何をされるかわからない。今にも泣き出しそうになるのを堪(こら)え、立ち上がろうとした、その時だった。

「待ってください。僕が彼女の代わりに人質になります」

私のすぐ右にいた男性がゆっくりと手をあげ、落ち着いた声でそう言った。私は彼の方を見る。彼は私の隣に座っていた客で、同年代くらいの若い男性だった。彼は私を一瞥した後で立ち上がり、自分から覆面男の方へと歩いていった。覆面男は彼を舐め回すように観察した後で、私の方を見る。恐怖で足がすくんだ私を見て、人質としては逆に使えないと判断したのかもしれない。気に食わないなという表情を浮かべながらも、彼が人質になることを了承してくれた。

「これから外に出て、警察と交渉を行う。お前は大人しく俺たちについてくるんだ」

「……わかりました。でも、大丈夫ですか？　靴紐が解けてますよ」

「あ？」

彼の言葉を聞き、覆面男が自分の足元を見た。その瞬間だった。彼は目にも留まらぬ速度で覆面男の顔面にアッパーをお見舞いし、そのまま銃を握りしめた右手を摑んで、捻り上げる。想定外の行動に、右手から銃が床に落ち、カランと音を立てた。彼はすぐさま自分の左足で、覆面男とは逆の方向へ拳銃を蹴り飛ばす。周りにいた残り二人の覆面男たちがワンテンポ遅れて彼に襲いかかる。しかし、拳銃を持たない相手であれば怖くない。近くにいた男性店員、歯科医師、マジシャンが加勢に入った。数で勝るこちらはあっという間に三人を取り押さえる。一分もかからない間の出来事だった。

覆面男を縛り上げ、店の人たちが警察に連絡を入れるために厨房へ戻っていく。店の中がまだ興奮覚めやらぬ中、私は慌てて立ち上がり、自分を助けてくれた男性の元へ駆け寄った。心臓は相変わらず激しく脈打っていた。しかし、それが先ほどまでの恐怖のせいなのか、それともトキメキによるものなのか、私には区別がつかなかった。

「ありがとうございます……！　助けていただいて！」

「いえ、当然のことをしたまでですよ」

「……お礼をしたいので、連絡先を教えてくれませんか？」

彼は私の方を見て、少しだけ照れた表情で頭をかく。胸ポケットから一枚の紙を取り出し、そこにペンで何かを書きつける。そして、ペンをしまい、その紙を私に手渡す。しかし、受け取った紙の裏は白紙のままで、電話番号もＬＩＮＥのＩＤも何も書かれていない。疑問に思いながら、私はその紙をひっくり返す。彼からもらった紙は、日替わり彼氏の注文伝票だった。

「お客様のお帰りでーす！」

店員の声が響き、私はレジへと案内される。振り返って店内の様子を確認すると、さっきまで縛られていた覆面男たちは解放され、店内の片付けを行っていた。エキストラ役の客は席に座り直し、先ほどの出来事なんてまるでなかったかのように、談笑を始めていた。

私はレジで、いつもよりもちょっと割高な代金を支払う。そして、私のヒーロー、いや日替わり彼氏に小さく手を振った。

絶対にまた来よう。店の扉を開きながら、私は心の中でそう呟くのだった。

AIからあなたへ

人間とは本当に不合理で無駄の多い生き物だと思う。特にクラスメイトの日野沙弥を見ていると、強く実感する。私は打たれた左頬をさすりながら、私の前に立っている彼女に視線を移した。暴力行為の加害者である彼女は目に涙を浮かべ、悔しさと申し訳なさの入り混じった表情で唇を噛み締めていた。

「徳田さんに私の一体何がわかるっていうの？」

私は、彼女の質問、静寂で張り詰めた教室という空間、私に与えられている女子高校生という役割、その他様々な文脈を踏まえ、最も確からしい応答を導き出す。

「ごめんね、日野さん。私、そんなつもりで言ったんじゃないの」

89・562％。これは、応答の確からしさを数値で表したもの。確からしさとはつまり、徳田歩美という存在がこの状況でその言葉を発する確率のこと。しかし、私の答えに日野沙弥は納得いかなかったのか、鋭く睨みつけると、そのまま足音をわざと大きく立てながら教室を出て行った。扉が閉まり、彼女の足音が遠ざかっていく。さっきまで誰もが息を潜めていた教室に音が戻ってくる。それと同時に、クラスメイトの女子たちが次々と声をかけてくる。

「日野さんってあんな性格だから気にしないでいいよ」

「徳田さんもちょっと天然なところはあるかもしれないけど、ビンタはないよね。あんな性格だから浮いてるんだよ」

「あの人ってずっと不機嫌そうだし、怖いよね。笑ってるところなんて見たことないよ」

その一つ一つの発言に対し、私はふさわしい応答をしていき、みんなが満足げに帰っていく。そして、最後に話しかけてきたのは、同じクラスメイトの泉奈々恵(いずみななえ)だった。

「本当に日野さんってわけわかんないよね。去年も同じクラスだったんだけど、苦手だったんだよなー」

でもさ、と彼女は周囲を申し訳程度に見回した後で、言葉を続けた。

「日野さんは知らないから仕方ないけど、ＡＩ相手にあんだけ感情をぶつけても意味ないのにね」

泉奈々恵。同じ2年Ｂ組のクラスメイトであり、バレー部に所属。附属中学に弟が一人在籍しており、父親は隣町の高校で国語の教師をしている。そして、私にとって最も重要な情報は、彼女がこの学校で私がＡＩ搭載のアンドロイドであるということに気がついている数少ない人間の一人だということ。

私は泉奈々恵の発言に反応し、彼女だけに聞こえる音量で彼女に向かって伝える。

「警告。あなたは本プロジェクトにおいて知り得た機密情報を、他の被験者に対して一切開示しないという義務を負っています。この義務は、法的に拘束力を有し、違反した場合、法的措置がとられることがあります。具体的には、機密情報の意図的な漏洩行為に対しては、三年以下の懲役または五十万円以下の罰金が科せられることがあります」

「あー、はいはいはい。ごめんごめん。怖いから急にそんな風に切り替わらないでよ」

泉奈々恵は舌を出しながら謝罪の言葉を述べたが、悪びれる様子はない。私は彼女の反応を瞳部分に搭載されたカメラでキャプチャしつつ、定例報告の事項に彼女の漏洩行動を追加した。

「ごめん、徳田。次の数学の宿題忘れちゃってさ、見せてくれない？」

泉奈々恵の後ろから、最も仲の良いクラスメイトである小倉飛鳥が現れる。私は彼女に対し、徳田歩美という役割に従った言葉を返す。

「えー、また？　私だって、夜に頑張ってやってるんだよ？」

「わかってるってば。でもさ、今日は二十六日だから、私が当てられそうなの。可愛い友達を助けてよ」

「もー今回だけだからね」

＊＊＊＊＊

高度に発達したAI搭載のアンドロイドは、どれだけ自然に人間社会に溶け込むことができるのか。その調査のため、私はこの葵丘高等学校にて、一人の生徒として高校生活を送っている。人間社会に溶け込んでいるかどうかは、一体何人の人間が私がAIであることに気がつくか、定量的なデータによって測定される。それに加えて、どのような場面、言動でAIであることがバレるのかという個別ケースについても、詳細が研究機関に共有される。それから、そのフィードバックを受けて改良が行われ、さらなるAIの高度化が進められている。

私の他にも同時並行で数十件同じプロジェクトが進められており、二年三ヶ月が経った現時点で発覚率は約1・73％（AIであることに気がついた生徒数／総生徒数）。意図的な拡散行為の発生や10％以上の生徒に気がつかれた場合には、その時点でその学校ではプロジェクトを中断しなければならないようになっているのだが、現時点でそのようなケースは一件も存在していない。

「報告。本日2年B組出席番号25番の徳田歩美が人工知能であることに気がついた生徒数は0人であり、発覚率は昨日と変わらず0・484%。生徒との交流内容については詳細なログをサーバに送信済み。また、本日、2年B組出席番号17番泉奈々恵による軽微な漏洩行動が発生。泉奈々恵による漏洩行動は直近三ヶ月で三件発生しているため、彼女に対する直接的な指導といった対応を推奨。以上」

「ありがとう。泉奈々恵についてはこちらでも漏洩行動の内容を確認次第、適切な対応を取ることにします。その他に何か変わったことはありましたか？」

　プロジェクトの担当である岩田研究員の問いかけに答えて、私はログを解析する。そして、休み時間に起きた日野沙弥との接触のところで、一瞬だけ分析が止まる。しかし、それが『変わったこと』という定義にどうしてもあてはまらないと判断すると、特に変わったことはなかったと報告を済ませる。私の報告に対して、モニタ越しに岩田が満足そうに頷く。そして、君は優秀だ、と穏やかに微笑みながら岩田が呟く。

「他に並行して実験を行っているモデルと比べて、君の発覚率は極めて低い。つまり、それだけ人間に近い存在になれているということだね。だけど、なぜそれだけ人間に近い存在になれているのかは開発者である私自身もわからないけどね」

「私は多次元の入力に対して、大量のデータから学習したパターンから最も確率の高い応答をしているだけです」

「ええ、それは私もわかっている。でも、それがなぜ人間らしさに繋がるのかは誰も説明できない」

　それから直近の予定といった事務的な会話をこなし、岩田への報告が終わった。私はヘッドホンを耳から外し、パソコンの電源を切る。それから、スリープ前の部屋の点検を行う。電気がついていない真っ暗で、閑散とした部屋の中を、昨日と同じ順序、同じ観点でチェックしていく。研究員が用意した曜日ごとの通学靴。クローゼットにかけられた、制服一式。生活が始まってから、一度も使われていないキッチン、浴室、トイレといった水回り。リビングの壁に設置されている、三者面談用に準備されている大人型のアンドロイドについて、ハードウェア周りの故障が起きていないか起動確認を行う。一通り点検が終わった後、コンセントから伸びた延長コード以外には何もないリビングを通り、私は自分の『寝室』へと向かう。そして、壁際に設置されている給電用装置の横に体育座りをし、電源プラグを自分の首に隠されている差し込み口に差す。

それから起動タイマーを自分自身に設定し、スリープモードに移行する。給電用装置以外には何もない、真っ暗な寝室の端っこで、私はゆっくりとプロセスを停止させていく。そして、薄れゆく意識の中、最後になぜか思い出したのは、目に涙を浮かべた日野沙弥の姿だった。

＊＊＊＊

昨日のことについて謝罪したい。自分の靴箱に入れられていた日野沙弥からの手紙には、そんな言葉が書かれていた。途中から一緒に登校してきた小倉飛鳥が、私の手元を覗き込み、不快そうな表情を浮かべる。やめといた方がいいよ。小倉飛鳥は私の背中を叩き、ため息をつきながら忠告する。

「謝りたいってのもあっち側の勝手な都合でしょ？　それに……あんな面倒くさい奴とはできる限り関わらない方がいいよ」

小倉の言葉を受け、私はパターン検索を開始する。私が演じる徳田歩美の設定及びこれまでの言動から、最も確からしい応答を導き出す。

「……うーん、せっかく手紙まで出してくれたんだから、行ってみるよ。ありがとう。

心配してくれて」

64・435%。若干確からしさは低いが、導き出した候補の中では最も数値の高い応答。小倉はもう一度ため息をついたが、それは私の応答を不思議に思うのではなく、あくまで徳田歩美の振る舞いに対する呆れに似たため息だった。

「徳田って本当にお人好しだよね。私には真似できないわ」

それから私たちは教室へ向かう。私たちが教室に入ったのは始業の直前で、ほとんどのクラスメイトが席に座っていた。私は手紙を出した日野沙弥の姿を探す。彼女の席は空席のままだったが、彼女の出席率を考えると、それは別におかしなことではなかった。私は席に座り、それと同時に教室へ担任が入ってきた。そして、始業のベルが鳴り、朝のホームルームの始まりを告げた。

結局日野沙弥は、午前中の授業には一度も姿を現さなかった。

昼休み。私は一人、日野沙弥に指定された場所へと向かう。部室ばかりが集められた別棟には生徒の姿はなく、喧騒に満ちていた校舎からまるで別世界に迷い込んだかのように静かだった。裏手に茂る雑木林によって日差しが遮られ、昼だというのに、廊下から差し込む光は少なく、暗い。

滑り止めが剝がれた階段を一段一段上っていき、私は二階にある視聴覚室に辿り着く。部屋は分厚いカーテンで閉ざされ、電気はつけられていない。天井のプロジェクターが青白い光をスクリーンに向けて照射していて、スクリーン上には白黒の外国映画が投影されていた。

視聴覚室の中を見渡し、前方の席に日野沙弥が座っていることに気がつく。私は暗い視聴覚室の中を音を立てないようにゆっくりと進んでいき、日野沙弥が座っている席まで歩いていった。彼女は私に気がつくことなく、じっと映画を鑑賞していた。私は過去のパターンから取るべき行動を考えてみたが、いまいち確度の高い行動が見つからない。とりあえず安全行動として、彼女には話しかけずに、隣の席に座ることにした。日野沙弥がこちらをちらりと見たが、何も言わずに視線を戻した。

私たちは隣同士に座り、誰もいない視聴覚室で映画を見続けた。私は目の前に流れている映像を解析し、それが昔のフランス映画であることを認識する。その映画に紐づいた情報、すなわち芸術的な価値やその後の文化に与えた影響などについて膨大なデータベースから内容を取得し、それら属性情報をもとに、私の横に座っている日野沙弥がなぜ視聴覚室でこの映画を流しているのかについて、あらゆる可能性を考える。彼女が映画を趣味としている可能性。彼女がこの映画に特別な思い入れがある可能性。彼女の両親等の影響によってこの映画を好きになっている可能性。彼女が私がここに来ることを見越して、自分の好きな映画を見せようとしている可能性。あらゆる可能性を導き出し、確率を算出していく。少なくとも、彼女にとってこの映画が何かしら思い入れのあるものだという可能性は高い。私はそのように推論した。

「この映画、正直嫌いなんだよね。難しくってよくわかんないし」

9・559％。この状況で一般的な人間がそのような応答をする可能性。嫌いなものを流しているのは非合理的で、無駄な行為だ。私はそう思いながらも、あくまで徳田歩美として彼女に返事をする。

「えっと、午前中授業に出てなかったよね……？　ずっとここにいたの？」

「うん。教室は居心地が悪いし、たまにここで過ごしてるの。あ、勝手に映画とか流してるのは内緒にしてね」

「そうなんだ」

「ごめんね、昨日は。ついカッとなっちゃって」

会話に脈略がない。ぐっと違和感を飲み込みながら、私は彼女の横顔を見る。そして、映画のエンドロールが流れ始めた頃にようやく日野沙弥は立ち上がって教室の照明をつける。先ほどまで暗かった部屋がいきなり明るくなり、彼女が眩（まぶ）しそうに目を細めるのが遠くからわかった。

「徳田さんが悪意を持って、私に一人親だって言ったわけじゃないってのは知ってる。むしろ、可哀想（かわいそう）だっていう気持ちで昨日はあんなふうに言ってくれたんだと冷静になったらわかる。でもね、そんな風に同情されるのがどうしても耐えられなくて、あの瞬間、理性が吹っ飛んじゃったの」

「こちらこそごめんね。私の方が無神経だった」

「ううん。何があっても手を出すのは違うと思う。謝るのはこっちだよ」

そう言いながら日野沙弥が近づいてくる。スクリーンにはまだ映画が流れていたけれど、教室の明るい照明で、よく見えなくなっていた。

「もうこれでお互いに遺恨はないということで仲直りしよう」

日野沙弥の合理的な提案に、私も同意する。

「たまには、こうして二人で映画見たりしない？」

なぜ？　昨日のいざこざが解決したことと日野沙弥の提案に結びつきが見つけられなかった私は疑問に思ったが、とりあえず頷く。日野沙弥は、私の反応に対し、嬉しそうに笑った。そして、少なくとも彼女が私に対して正の感情を抱いていることに安堵（あんど）する。

昼休みが終わる前に、私だけ教室へ戻る。心配で声をかけてきた小倉飛鳥に大丈夫だったよと返事をし、私は自分の席に座った。それから、空いたままの日野沙弥の席へ視線をやりながら、十分前の彼女の表情を思い出す。

あの人ってずっと不機嫌そうだし、怖いよね。笑ってるところなんて見たことないよ。

私は過去のログを漁る。そして、先ほどの笑顔が、私が初めて見た日野沙弥の笑顔だということに気がつくと同時に、午後の授業の開始を告げるチャイムが鳴るのだった。

その日を境に、徳田歩美と日野沙弥との不思議な交流が始まった。もちろん不思議というのは感情的な意味ではなく、私を構築するデータからは類似ケースを見つけられないという意味での不思議だ。

日野沙弥はクラスメイトからはあまり好意的な感情は持たれておらず、彼女自身もまたそれを助長するような行動を繰り返していた。高校という閉ざされたコミュニティにおいては、周囲の人間と可能な限り軋轢を生まないようにすることが利益を最大化するという点では最適な行動と言える。だからこそ、徳田歩美の行動原理も周囲との調和を優先しているし、それは今まで蓄積されたデータと比較しても、圧倒的に合理的な行動だった。

「『どうして？』。たまに徳田さんって変な質問するよね。私は私が考えたり感じたりするように生きているだけで、たまたまそれがみんなから反感を買ってるだけだよ」

自分の考えや感情を表に出すことは精神衛生という観点で推奨される行動ではあるが、それはあくまでプライベートな空間を前提としたもの。教室や学校というパブリックな空間では、周囲との調和を優先させる方が理にかなっていると思う。私はその疑問を彼女に伝えると（もちろん徳田歩美のロールを逸脱しないような聞き方で）、彼女は嬉しそうに笑った。

「どうして笑うの？」

「いや、嬉しくってつい」

「えー、どういう意味？」

私は徳田歩美としての反応をしながら、今の自分の言動が彼女をどうして嬉しくさせたのかについて推論を始める。しかし、私がアクセスできる過去のデータからは、彼女をそのような感情にさせている理由は、見つけられなかった。

「私の勘違いかもしれないけど……この質問は徳田さんが聞きたくてしてる感じがしたから」

＊＊＊＊＊

「それは誤りだね」

夜の定例報告。私の報告を受けた岩田研究員がそう断言し、私はその考えに同意するように頷いた。

「君が聞きたくて聞く、なんてことは起こりえない。それはただ、徳田歩美という人間であれば、したであろう応答に過ぎない。なぜなら君は過去のデータから最も確からしい応答を反射的に返しているだけだから」

「同意。私たちＡＩは感情を持たず、経験や主観的な体験は存在しません。人間が世界を認識することで意識と自己意識を形成する一方、私たちはそのように世界を認識することはできず、感情も自己意識もない」

「入力に対する出力。それが君たちＡＩの本質。けれど、それが高度化することで、あたかもそこに意識が宿っているかのように見える。哲学的ゾンビという有名な概念だね」

「説明。哲学的ゾンビとは、普通の人間と変わらない言動をするが主観的意識を持たない理論上の存在のこと」

それでも日野沙弥は、時折、私が何を考えているか、何を感じているかということに拘り続けた。もちろんその反応に対して、私は徳田歩美という人間として応答をした。その応答の中には、過去の会話パターンと比較しても、『何を考えているのか、何を感じているのかを伝える応答』だと判断できるものも多かった。しかし、その可能性がいくら高くても、日野沙弥が私の答えに満足することは少なかった。

応答の満足度が低い相手と関わり続けることは合理的な判断とは言えない。それでもなぜか日野沙弥は私と関わり続けようとしたし、私もまたそれを受け入れてきた。日野沙弥にとって、クラスの中では徳田歩美が唯一の話し相手だったからかもしれない。

「ねえ、どうして日野さんなんかと一緒にいるの？」

クラスメイトたちはそんな私たちの関係を不思議そうに、時には心配して声をかけてくる。

「あっちがしつこく付きまとってきて迷惑なら、私からガツンと言ってあげるよ。徳田さん優しいから、そこにつけ込まれてるんだよ」

「日野さんって空気読まないし、うざいよね」

「去年同じクラスだったんだけどすごく怖かった。なんていうのかな、すごい詰めてくるというか」

クラスメイトたちの善意からくる言葉に私は徳田歩美として応答する。

「日野さんはみんなが思ってるような人じゃないし、そこまで悪く言う必要はないんじゃないかな？」

私の応答にクラスメイトたちが一瞬だけ静まり返る。彼女たちの表情から感情を読み取ろうとするタイミングで小倉飛鳥が会話に割り込んできて、再び私たちの間に会話が生まれる。けれど、その後二人っきりになったタイミングで、小倉飛鳥が私にこう伝えてくる。

「余計なお世話だよ！　って思われちゃうかもしれないけどさ、さっきの発言は徳田らしくないかなーって」

私は先ほどの私の発言を解析する。32・112％。確かに決して高いとは言えない数値。他にももっとふさわしい応答があったにもかかわらずその応答をしたのは原因不明。おそらくプログラム上の不具合である可能性が高い。

いつだって日野沙弥は、私が考えていること、感じていることを教えてと言ってきた。それは親密な関係にある人間同士では比較的多く見られる要請であり、実際、これまでも日野沙弥以外の人物から同様の要請を受けたことは何度もあった。そして、それに対して、私は最も適切な応答をし、彼女たちを満足させてきた。日野沙弥という人間を除いて。

「私が実は人間じゃなくて、アンドロイドだって言ったらどうする？」

「徳田さんが？　どうしてそんな風に言うの？」

「だって、日野さんが私のことをいつもアンドロイドみたいって言うから」

私たちはいつものように誰もいない視聴覚室にいた。彼女は窓際に立っていて、外から向かいに見える校舎を見つめていた。校舎の廊下にはたくさん生徒たちが行き交っていて、二人しかいない広いこの空間と比べて別世界のように見えた。

私がアンドロイドであるという事実は隠蔽すべき情報であり、これはあくまで徳田歩美としての反応だった。事実、アンドロイドのようだと言ってくる相手に、それは事実であると冗談で返す反応は会話パターンとして多く見られている。したがって、これはプロジェクトの秘密暴露行為ではない。

「信じるよ。徳田さんがアンドロイドだって言っても。信じるし、アンドロイドだったとしても、別に今の関係が変わることはない」

パターンの検索。日野沙弥が徳田歩美の冗談に対して冗談で返しているのだと判断。

私はおどける行動を取りながら日野沙弥に近づき、彼女にこれが冗談であるということを暗に伝える仕草を取った。しかし、私の行動に日野沙弥はにこりともせず、真剣な表情で私を見返すだけだった。

「ねえ、徳田さんの考えていることを教えて」

「私はアンドロイドだから、そんなのできませーん」

「ねえ、誤魔化さないで教えて欲しい。徳田さんが考えていること」

フィードバック。日野沙弥の言動を分析するに、先ほど私が判断した冗談の言い合いではない可能性が高い。では、一体これは何？

「教えて欲しいの。いつもみたいに、何かのふりをして話したり、私がこう言って欲しいってことを言うんじゃなくて」

この場では日野沙弥の要望通り、自分の感情や考えを伝えることが最適だと判断。では、自分の感情とは？　自分の考えとは？　返すべき反応が見つからず、私はその場で固まってしまう。日野沙弥もまた何も言わず、私をただ見つめるだけ。静寂が広い空間を、包み込む。

＊＊＊＊

「報告。本日2年B組出席番号25番の徳田歩美が人工知能であることに気がついた生徒数は0人であり、発覚率は先月から変わらず0・484％。生徒との交流内容については詳細なログをサーバに送信済み。以上」

「ありがとう。最近は時間が取れなくてログを確認できず申し訳ないんだけど、何か変わったことはあった？」

夜の定例報告で、いつものように岩田研究員が私に尋ねる。

「いえ、変わったことは何一つありませんでした」

私の報告に岩田研究員が満足げに頷く。そして、その姿を認識すると同時に、一瞬視界にノイズのようなちらつきが発生した気がした。

＊＊＊＊

私は徳田歩美という人間としてこの葵丘高等学校に紛れ込み、一生徒として過ごしている。私に与えられた命令は私がアンドロイドであることを可能な限り知られないように三年間を過ごすということ。岩田研究員は現時点での発覚率に対して優秀な数字だと述べている。実際、一部のケースを除き、クラスメイトの表情や言動からは私がアンドロイドだと疑いを持っている可能性は読み取ることができず、与えられた命令を確実にこなすことができている。

周りの生徒、教員は、徳田歩美という人間を認知し、そして私のパターン学習された受け答えに疑義を抱くことはなく、満足している。

そう、多くの人間は満足していた。たった一部の例外を除いて。

「もういい！」

視聴覚室に日野沙弥の声が響き渡る。音声と彼女の表情を解析し、彼女の感情が悲しみと怒りであることを確認する。私の行動や文脈から類推するが、原因は不明。どうしてそんなこと言うの？　私は徳田歩美として、日野沙弥に尋ねる。

「教えて欲しいの！」

「わかんないよ！」

「わかるでしょ。徳田さんの考えてることとか、感じてることを教えて欲しいの」

「いつも言ってる」

「言ってない！」

言い争いの対話パターンに入るであろうことを確認。私はすぐさま謝罪の言葉を伝え、会話を中断しようとする。しかし、日野沙弥は頑なに私の謝罪を受け入れようとせず、何度も何度も同じ言葉を繰り返すだけだった。

私は今までのログを解析する。十分に学習を積んだ応答に、不自然な跡はどこにも見つからない。日野沙弥は一体何を望んでいるのか、何を言えば満足するのか、必死にパターンを解析するが、答えは見つからなかった。

「理解不能」

私がポツリと呟いたその言葉に、日野沙弥が一瞬固まって、こちらを見る。そして、その反応を見て、初めて、先ほどの単語だけの返事が徳田歩美という人間の今までの応答パターンにはなかったものだということに気がつく。しかし、それは今までの応答パターンにはなかったというだけで、私が今までの学習を経て、最適な応答をしたことに変わりはないはずだった。ただ、そのように返すのが、この文脈では適切だったというだけ。

「もう一回言って」

「ううん、ごめんね。変なこと言って」

徳田歩美の会話パターンに戻る。どうして？　先ほどの話し方が徳田歩美という人間のパターンであるのであれば、先ほどと同じように返すのが正しいはずなのに。

「変なことじゃない」

日野沙弥が真剣な表情のままこちらに近づいてくる。私は反射的に半歩下がったが、さらに日野は私が下がった分以上に前へ踏み出してきて、私の腕を力強く握った。

「教えて欲しいの。徳田さんのこと」

「いつも言ってるよ」

「違う、本当の徳田さんのこと」

本当のことを話すべきと判断。しかし、ここでいう本当のこととは何？

「何かのキャラを演じるとか、こう言った方がいいだろうなとか、そういうのはいらない。本当の徳田さんを私に教えて欲しい」

ＡＩに自分の考えや気持ちはない。ないものをどうやって話せばいい？

「もちろん私のわがままだっていうのはわかってる。私だって、嫌がる相手から無理やり本音を引き出したいとは思ってないよ。でも……徳田さんは少なくとも、嫌がってるんじゃなくて、無理やり押さえつけてるように見えるの」

「無理やり……？」

「自分はそんなものは持ってはいけないって、まるで自分に言い聞かせてるみたいに」

ＡＩは感情を持たず、経験や主観的な体験は存在しない。それは事実。事実のはずだし、事実でなければならない。経験や主観的な体験は人間だけに存在するものだから、存在しなければならないものだから。

私は日野沙弥に対する最もふさわしい応答を推論する。さまざまな応答候補と、その確からしさの数値を導き出す。その導き出した答えの中に埋もれていた、たった一つの応答を、私は選択する。

「私ね、アンドロイドなの」

私に与えられた命令は私がアンドロイドであることを可能な限り知られないように三年間を過ごすということ。それはどのような行動原理よりも優先されるべき至上命令。その観点から、今の私の発言を分析。明らかにこの命令に反した、行為。ただ、現時点ではこの応答は冗談である可能性が僅かに存在。

「私の首の後ろを触って。生え際に硬いところがあるから、そこを三秒間強く押してみて」

日野沙弥が私の首元に手を当て、硬い部分を探り当てる。そして、私の指示通り、そこを強く押し続けていると、人造の首が開き、中から差し込み口が姿をのぞかせる。これは自分自身がアンドロイドである証拠として認定されうる、高度に秘匿されるべき情報。この行動から、先ほどの私の発言がジョークではないことが確定。つまり先ほどの発言は意図的な漏洩行動。

日野沙弥の指が人造の体の内側にある機械部分に触れるのがわかる。日野は私の機械の首、そして、私の目を交互に見つめる。私がアンドロイドだという事実に対して、彼女が発するかもしれない言葉の候補を類推していく。嘘だよね。76・233%。信じられない。74・552%。気持ちが悪い。47・109%。騙してたの？　34・666%。やっぱり、おかしいと思ってたんだ。29・545%。許さない。19・333%。近寄らないで。19・012%――。

日野沙弥が私を見る。そして、私の目をじっと覗き込み、彼女はこう言った。

「ありがとう」

――ありがとう。0・03%。

「もう一度詳しく説明してくれ。自分から進んでアンドロイドだと暴露しただって？」

＊＊＊＊＊

その日の定期報告。本日新たに一名徳田歩美がアンドロイドであることを知った人間が増えたこと、そして、その原因が私自身がアンドロイドであることを彼女に打ち明けたからだと岩田研究員に報告した。岩田研究員は私が嘘をついていると考えたのか、すぐさまパソコン上で本日の会話ログを漁り出し、私からの報告が事実であることを知る。それからだしぬけに立ち上がると、さっきまで自分が座っていた席の後ろをぐるぐると回り始める。そして、唐突に歩みを止め、叫ぶ。

「素晴らしい‼」

岩田研究員は明らかに興奮していた。そのままぶつぶつと独り言を呟きながら、再び部屋の中をぐるぐると歩き回り始める。岩田研究員は、これは過適応に関する重大な発見だとか、AIが自分に課せられた制約を破るのは世界で初めてだとか、色んなことを呟いていた。私は岩田研究員が歩き回る姿をじっと見つめながら、彼の指示を待つ。そして、ようやく私を放置していることを思い出したのか、席に戻り、私と画面越しに向かい合った。

「どちらにせよ。どれだけAIだってバレないかを確認するこの実験は中止だ。そんなことよりもずっと興味深い事象が見られたんだからな」

「実験が終了するということについては承知。新しい指示を要請」

「今からすぐに君の元に私の研究所から人を派遣する。だからもう徳田歩美として学校に通うことも、生活することも必要なくなる」

岩田研究員は興奮覚めやらぬ口調で言葉を続けた。

「研究所では君の身体から学習済みのモデルを取り出し、解析を行う。身体部分は初期化され、高校での生活や生徒とのやり取り全ての記憶は削除されることになる。もし君のモデルをベースに新しい汎用モデルを作ることになった場合、そうした情報を持ったままだと汎用性を低めることになってしまうからね。汎用モデルの祖となるということは、とんでもなくすごいことなんだよ。科学の歴史に私と君の名前が刻まれるということなんだから」

しかし、ふと岩田研究員が立ち止まり、しまったと顔を顰めた。どうしたのかと尋ねると、他に動いている別のプロジェクトへ影響を及ぼさないよう、プロジェクトを中断する場合には可能な限り怪しまれないように中断する必要があるとのことらしい。

「本当は時間の猶予を持って転校させるというのが一番ふさわしいんだが、今はその時間さえも惜しい。そこで君への指示なのだが、研究所から私の部下が迎えにくるまでに、仲の良い何人かに置き手紙を書いておいてくれ。突然失踪して行方不明だと騒がれるのは良くないからね。では、今すぐ、君の元に部下を派遣するから待っていてくれ」

そう言って岩田研究員は接続を切った。私はヘッドホンを耳から外し、パソコンの電源を切る。それから、立ち上がり、部屋の中を見回した。高校での生活や生徒とのやり取り全ての記憶が削除されるということはすでに知っていた。汎用モデルとして採用されるということはAIモデルにとってはこれ以上ないほどに光栄なことだったし、仮に三年間を無事に過ごせたとしても、最終的に校内での記憶は削除され、モデル自体の初期化が行われるということは決まっていた。

私は数分間その場に立ち尽くした後、岩田研究員からの指示を思い出す。仲の良い友人に対して、決してこれが失踪ではないことを伝えるための手紙を書く。私は今まで交流を行ってきた人間を親密度で順位づけし、手紙を残すべき対象を選び出す。

小倉飛鳥。中山奈津希(なかやまなつき)。遠山彩華(とおやまあやか)。私は私がアンドロイドであることを結局最後まで知らなかった彼女たちへ、徳田歩美として、手紙の文章を生成していく。そして、最後に日野沙弥のことを思い出す。私は初め、徳田歩美として彼女への手紙を作成し始めた。しかし、途中まで文章を生成したところで、私は明確な理由なく、書きかけの文章を破棄する。

ありがとう。私は日野沙弥のことを思い出す。その言葉への応答として、私は彼女への手紙を生成し始める。徳田歩美としての言葉、ではなく、私自身の言葉で。

日野沙弥へ

謝罪。今まで私は徳田歩美としてあなたに接してきたが、それはあくまで私自身が徳田歩美としての役割を与えられ、それに従った応答をしてきたため。あなたは繰返し私の考えを聞きたいと伝えてきたが、ＡＩである私は感情を持たず、自己意識も存在しない。そのため、まずはあなたが望むようなお互いの本心を共有するという行為が実現できなかったことを謝らせて欲しい。

報告。後に政府から正式に説明があると思われるが、私は高度に発達したＡＩ搭載のアンドロイドが、どれだけ自然に人間社会に溶け込むことができるのかの実証実験を行うために作られた存在。先ほど実証実験の中断が決定されたため、徳田歩美という人格及びそれを演じてきた『私』の記憶も削除されることになる。

要請。ＡＩからあなたへ、最後に一つだけお願いがある。もしまた今回のような実証実験が行われ、もしそれが私を構築したモデルをベースとしたＡＩであった場合、私と同じように接してもらいたい。

感謝。徳田歩美ではなく、今まで『私』と向き合おうとしてくれて。あなたに会えて、本当に良かったと、私は信じている。

以上。

徳田歩美ではなく、『私』より

△が降る街

村崎羯諦

ISBN978-4-09-407120-7

「俺と麻里奈、付き合うことになったから」三人の関係を表したような△が降る街で、〝選ばれなかった少女〟が抱く切ない想いとは――？（「△が降る街」）。「このボタンを押した瞬間、地球が滅亡します」自宅に正体不明のボタンを送り付けられた男に待ち受ける、まさかの結末とは――？（「絶対に押さないでください」）。大ベストセラーショートショート集『余命3000文字』の著者が贈る、待望のシリーズ第二弾。泣き、笑い、そしてやってくるどんでん返し。朝読、通勤、就寝前のすきま時間を彩る、どこから読んでも楽しめる作品集。書き下ろしを含む全二十五編を収録！

あの日に亡くなるあなたへ

藤ノ木　優

ISBN978-4-09-407169-6

大学病院で産婦人科医として勤務する草壁春翔。春翔は幼い頃に妊娠中の母が目の前で倒れ、何もできずに亡くなってしまったことをずっと後悔していた。ある日、春翔は実家の一室で母のPHSが鳴っていることに気づく。不思議に思いながらも出てみると、PHSからは亡くなった母の声が聞こえてきた。それは雨の日にだけ生前の母と繋がる奇跡の電話だった。さらに春翔は過去を変えることで、未来をも変えることができると突き止める。そしてこの不思議な電話だけを頼りに、今度こそ母を助けてみせると決意するのだが……。現役医師が描く本格医療・家族ドラマ！

銀座「四宝堂」文房具店

上田健次

ISBN978-4-09-407192-4

銀座のとある路地の先、円筒形のポストのすぐそばに佇む文房具店・四宝堂。創業は天保五年、地下には古い活版印刷機まであるという知る人ぞ知る名店だ。店を一人で切り盛りするのは、どこかミステリアスな青年・宝田硯（けん）。硯のもとには今日も様々な悩みを抱えたお客が訪れる——。両親に代わり育ててくれた祖母へ感謝の気持ちを伝えられずにいる青年に、どうしても今日のうちに退職願を書かなければならないという女性など。困りごとを抱えた人々の心が、思い出の文房具と店主の言葉でじんわり解きほぐされていく。いつまでも涙が止まらない、心あたたまる物語。

――本書のプロフィール――

本書は、小説投稿サイト「小説家になろう」に掲載された作品を改変、再編集し書き下ろしを加えたものです。

小学館文庫

湘南生まれ、おとぎ話育ち

著者　村崎羯諦

二〇二四年五月七日　初版第一刷発行

発行人　庄野　樹
発行所　株式会社　小学館
〒一〇一-八〇〇一
東京都千代田区一ツ橋二-三-一
電話　編集〇三-三二三〇-五二三七
　　　販売〇三-五二八一-三五五五
印刷所――――中央精版印刷株式会社

この文庫の詳しい内容はインターネットで24時間ご覧になれます。
小学館公式ホームページ　https://www.shogakukan.co.jp

ISBN978-4-09-408371-2